AF398541

Marabout Verlag Janko Kozmus

BEGEGNUNGEN AUS DER TINTENWELT

Autoren treffen Autoren
im 20. Jahrhundert

Biographische Erzählungen

Herausgegeben
von Janko Kozmus

Marabout Verlag
Janko Kozmus

März 2005

Marabout Verlag Janko Kozmus

Copyright © bei den AutorInnen

Lektorat: Ewa Bielska / Elke Brüns / Janko Kozmus

Endkorrektur: Werner Pohl

Umschlaggestaltung: Lukas Kozmus / Janko Kozmus

Herstellung: Books on Demand GmbH, Norderstedt

ISBN 3-9810207-0-7

VORWORT

Die Erzählungen über Begegnungen berühmter Autoren mit anderen Schriftstellern und Dichtern des 20. Jahrhunderts stellen Momentaufnahmen aus ihrem Leben dar. In jeder Hinsicht erfüllen sie den Anspruch der historischen Authentizität.

Entstanden sind sie im Zuge einer Internet-Ausschreibung. Die Marabout-Seite, eine mit tatkräftiger Unterstützung von Freunden betriebene Autoren- und Rezensionsseite, formulierte:

Mickiewicz meets Goethe meets Madame de Staël meets Lord Byron meets ...

»Die Reihe könnte endlos fortgesetzt werden ... bis in die Gegenwart hinein!« hieß es, entscheidend aber war der Hinweis, nicht fiktive, vielmehr historisch belegte Begegnungen von Schriftstellern und Dichtern literarisch zu gestalten!

Gestaltung überlässt der Phantasie das Feld. In diesem besonderen Fall jedoch wurde der Freiheit der Ausschmückung an der Grenze überlieferter Fakten Einhalt geboten. Es entstand eine narrative Mischform, der Biographie verwandter als der belletristischen Fiktion. Nennen wir sie ›Biographische Erzählung‹. Die paraphrasiert jene besonderen Abschnitte im Leben von Autoren, in denen diese der arbeitsbedingten Isolation entfliehen und die Begegnung suchen. Und wer stünde den Dichtern und Schriftstellern näher als die Vertreter der eigenen Profession? Gerade jenseits des Diskurses über die Technik des Schreibens können sie nicht nur auf Verständnis für ihre Lebenssituation hoffen, sondern auch künstlerische Anregung finden.

Die biographischen Erzählungen spiegeln einzigartige Momente literarischer Schnittpunkte wider, die in ihrer Gesamtheit eine kleine und von der konventionellen Form abweichende Literaturgeschichte darstellen. Die Autoren bedienten sich des

Kanons gesicherter Quellen, wie Tagebucheintragungen, Briefe und andere (Selbst-)Zeugnisse. Ihre Gestaltungskraft schälte aus dem teils spröden Material lebendige Geschichten von Freundschaft, Zuneigung, Konkurrenz und vielem mehr. Fenster in der Zeit öffnen sich und bevor sie sich wieder schließen, treten widersprüchlich agierende Menschen heraus, Künstler des Lebens wie des Wortes, emotionale Protagonisten wie beispielsweise der von Karla Reimert gefühlvoll portraitierte Franz Kafka sowie dessen Geliebte Milena Jesenská in der Erzählung ›Frank und Milena‹.

Es galt jedoch auch Hindernisse zu überwinden. Eine Autorin, deren Text hier vorliegt, hat die wesentliche Schwierigkeit beim Verfassen einer Erzählung für die Anthologie sinngemäß so formuliert: Die anfallende Recherche erreiche mitunter den für einen Roman notwendigen Umfang, diene jedoch »nur« dem Verfassen einer Kurzerzählung. Eine Aussage, die im Kern zutrifft. Trotz dieses Umstands wurden vielversprechende Texte eingereicht. Am Fristende lagen Kurzgeschichten vor, deren historischer Hintergrund vom frühen Mittelalter bis zum Fall der Berliner Mauer reichte. Allerdings klafften dazwischen sozial- und literaturgeschichtliche Lücken. Eine Publikation in dieser Form schien nicht geboten, da sich lediglich das 20. Jahrhundert in überzeugender Konsistenz darbot. Das Buch dazu halten Sie in der Hand. Ein zweiter Band, der Momentaufnahmen von Autoren des 19. Jahrhunderts enthalten wird, erscheint noch in diesem Jahr.

Elemente wie Stringenz im Aufbau, Spannungsbogen mit Höhepunkt und Pointe gehören zu jeder spannenden Lektüre und bedeuten dem heutigen Leser eine Selbstverständlichkeit. Er findet sie auch hier vor. Die den Texten eigene Leichtigkeit aber zeugt davon, dass keinem der Autoren dieser Anthologie der biographische Hintergrund seiner Heldinnen und Helden eine Begrenzung hinsichtlich seiner Gestaltungsmöglichkeiten bedeutete. Im Gegenteil wirkte er inspirierend und unterstrich die Vielfalt stilistischer Mittel.

Ganz so wie die Erzählung des rumänischen Autors und Germanisten Vasile V. Poenaru, deren divergierende Tendenzen den gegebenen Rahmen der Anthologie aufzulösen drohten. Eine Hybride aus germanistischer Betrachtung und ironischem Erlebnisbericht, deren poetischer Widerhall dem Großereignis in der EXPO-Stadt des Jahres 2000 gerecht wird. Stellvertretend für Schwitters' Fräulein Blume lud Hannover fünfzehn Dichterinnen und Dichter aus fünf Kontinenten ein, die das Hohelied ›An Anna Blume‹ variierten, unter ihnen der rumänische Vertreter der ›Tintenwelt‹: frech, witzig und unbescheiden! Aus dem formal wie inhaltlich heterogenen Text tritt die Schar der ›Nachdichter‹ und stimmt im Prolog auf die Einzelbegegnungen ein.

Im Hauptteil wird der Leser unmittelbar in den Ernst des vergangenen Jahrhunderts geworfen, das bestimmt war von beträchtlichen sozialen Nöten und Spannungen, die in Kriegen nach Auflösung drängten. Zu Beginn stand der erste Versuch einer radikalen Umwälzung im Russland des Jahres 1905. ›Vor dem Sturm der Revolution‹ fasst in einem kongenialen Dialog von Thomas Dunzweiler die historischen Hintergründe zusammen, wie zwei Giganten der russischen Literatur sie beurteilten: Maxim Gorki und Lew Tolstoj.

Nachdem der Leser dem Treiben von ›Frank und Milena‹ in der gerade erst gegründeten Tschechoslowakei gefolgt ist, wird er erneut nach Hannover geführt, wohin sich der ganz junge Paul Bowles aufmacht, um in der originellen Erzählung ›MERZ-Ausflug‹ von Greg Niamey dem »großen und einzigen MERZkünstler« Kurt Schwitters seine Aufwartung zu machen. Er wird Zeuge eines literarischen Events ersten Ranges: Kurt Schwitters deklamiert seine Ursonate. Am Ende reist der spätere ›Prinz von Tanger‹ in das von ökonomischer Krise gezeichnete Berlin zurück.

Die Machtübernahme durch die Nazis erfolgte zwei Jahre später. Neben anderen Intellektuellen unternahmen viele deutschsprachige Schriftsteller den Versuch, ihre Heimat zu verlassen, so Walter Mehring, den Mascha Kaléko in Vera Hohleiters spannender Erzählung ›Vom Romanischen Café ins Exil‹ vor den Häschern der SA warnt.

Eine politische wie emotionale Diskussion über die Frage des Exils führt auch der literarische Freundeskreis um Ödön von Horvath und Carl Zuckmayer in Wien. Die in Fran Henz' aufwühlender Geschichte ›Abschied‹ thematisierte Bedrohung durch den Anschluss Österreichs an das Dritte Reich stellt den Hintergrund dar.

Ziel vieler Exilsuchender waren die Vereinigten Staaten. So begegnen wir in Uta Jung Karpalovs pointierter Geschichte in Kalifornien Lion Feuchtwanger, der im Anschluss an eine Lesung seines ›Goya‹ bei einem Spaziergang mit Thomas Mann jenseits der Fassade der Berühmtheit den Menschen zu erreichen sucht. Feuchtwanger, bekannt für seine unkonventionelle Art, blieb in Kalifornien, während Thomas Mann zwar den Sprung nach Europa unternahm, jedoch nicht nach Deutschland zurückkehrte. In der Schweiz fand er sein neues Domizil, in der Nähe von Zürich.

Hier treffen wir einen anderen Meister der deutschen Literatur: Bertolt Brecht; für ihn ist das neutrale Land bloßer Übergang, Transit. Er pflegt häufigen Umgang mit dem Schweizer Max Frisch, dem ›Augenzeugen‹ von Ewa Bielska. Ihre Erzählung beschreibt in differenzierten Tönen positive wie negative Seiten des Dramatikers, ohne dem Klischee vom ›hässlichen Brecht‹ zu verfallen.

Nicht lange nach diesem Ereignis vollendet Brecht seine Europarückkehr. In Ost-Berlin begegnet der Leser nicht ihm, sondern zwei Dichtern von Weltformat: Pablo Neruda und

Nâzım Hikmet. Sabine Adatepe beschreibt mit viel Charme und Witz den ›Beginn einer Freundschaft‹.

Wie schon Thomas Mann, vermochte auch die gebürtige Berlinerin Nelly Sachs, den Sprung aus dem Exil zurück in die Heimat nicht mehr zu vollziehen. Selbst der Anlass einer Preisverleihung im Jahre 1960 in Meersburg kann ihre Entscheidung nicht revidieren, keine einzige Nacht auf deutschem Boden zu verbringen. Von der nah gelegenen Schweiz plant sie einen Tagesbesuch. In Zürich trifft Nelly Sachs nach Jahren der Brieffreundschaft persönlich auf Paul Celan. Mit großer Einfühlsamkeit erzählt Andreas Erdmann von der inneren Zerrissenheit der Dichterin und von dem Beistand ihres Freundes und Dichterkollegen.

Die 60er Jahre stehen wie kein anderes Jahrzehnt im Zeichen eines Lebensgefühls, das als ›Beat‹ in die Kultur- und Literaturgeschichte eingegangen ist. Als einer der herausragenden Vertreter der literarischen Beat-Generation gilt der us-amerikanische Lyriker Allen Ginsberg. Ende der 50er Jahre reiste er für immer längere Aufenthalte ins marokkanische Tanger, wo er auch das Ehepaar Bowles kennen lernte. Insbesondere von der Antipathie Jane Bowles' ihm gegenüber handelt ›Der Schlaganfall‹ von Johanna Cosma.

Unprätentiös frech rückt schließlich die Short Story ›Rockpoeten‹ von Ingo Karwath die Musik selbst in den Fokus, genauer die Frage, inwiefern Liedtexte der Poesie zuzurechnen seien. Jim Morrison von ›The Doors‹ stellt diesen Anspruch: laut, besoffen, maßlos! Janis Joplin hält dagegen, Jimi Hendrix' Kommentar besteht in schrillen Riffs seiner E-Gitarre.

Als eine Art melancholischer Abgesang kann der letzte Text dieser Sammlung gelesen werden. »Die wohl spektakulärste Randfigur der damaligen Beat-Generation ist Herbert ›Hipster‹ Huncke«, schreibt der Verfasser von Social-Beat-Gedichten und Romanen Hartmuth Malorny. In den 90ern besucht er Huncke im ›Chelsea Hotel, New York‹, wo dieser seinen Lebensabend verbringt. Im Gespräch mit dem deutschen Besucher lässt Huncke die alten Tage mit Kerouac, Ginsberg und Burroughs wieder aufleben.

Selbstverständlich kann diese kleine Sammlung den Anspruch nicht erheben, mit der ästhetischen Rekonstruktion biographischer Schnittpunkte im Leben von Schriftstellern und Dichtern das 20. Jahrhundert mit seinen literarischen Strömungen in seiner Gesamtheit zu erfassen. Der Anfang jedoch – und wie ich hoffe, ein unterhaltsamer – ist gemacht. Sollten Sie an dieser Anthologie Gefallen finden, so ist nicht auszuschließen, dass in nächster Zukunft eine erweiterte Neuauflage ein dichter besetztes Feld eröffnen wird, in dem der Dichterstab von einem Protagonisten zum anderen übergeht.

PROLOG

Rückwort Hannover
EXPO Dichter Polyphonie 2000
Von Vasile V. Poenaru

Orice pasare pe limba ei piere. Wörtlich: Jeder Vogel stirbt in seiner eigenen Sprache. Jeder Vogel zählt seine eigene Sagkraft der Dinge. Dieses rumänische Sprichwort gilt nicht nur in der Luft. Ich aber musste gerade während einer Flugreise ganz besonders daran denken. Von Toronto über Amsterdam nach Hannover trifft man viele Vögel. Man trifft viele Sprachen. Und man ist vom Abklingen der Dinge nicht immer weit entfernt, die in dem Einen liegen und zu dem Anderen wandern, die in dem Einen sterben und zu dem Anderen schreien. *Rückwort* kann das genannt werden.

Rückwort kann die Initiative der Niedersächsischen Staatskanzlei genannt werden, Anfang Juni 2000 fünfzehn Dichter aus fünf Kontinenten nach Hannover zu bringen, um Kurt Schwitters berühmtes Gedicht, ›An Anna Blume‹ in bunter Sprachgewalt ertönen zu lassen. Nachdichtungen in fast 200 Sprachen und an die hundert Korrespondenzgedichte kamen im Rahmen des *Anna-Blume*-Projekts zustande, das als literarisches Wahrzeichen der EXPO-Vielfalt gelten sollte.

Ein rumänischer Germanist flog in den ersten Tagen der Weltausstellung von Toronto nach Hannover, um gemeinsam mit Literaten verschiedenster Kultur- und Landeszugehörigkeit am künstlerischen Programm der EXPO teilzunehmen. Warum dieser Germanist gerade ich gewesen bin, gehört beiläufig nicht hierher.

Fast hätte die EXPO in Toronto stattgefunden, nur eine einzige Stimme fehlte, als die Entscheidung zugunsten der deutschen Nordstadt fiel. Dafür haben sich die Hannoveraner aber ein überraschendes literarisches Projekt ausgedacht, das dem neuen

Babylon am Ontariosee durchaus würdig gewesen wäre: Sie brachten Dichter aus aller Herren Länder nach Hannover, um sie ein offenes Stimmengerüst unserer Zeit errichten zu lassen.

Der internationale Lester B. Pearson Flughafen in Toronto ist keine Spinne, er sieht nur so aus. Der hannoversche Flughafen ist keine Bushaltestelle, und er sieht auch nicht so aus. Doch ich brauchte kaum zehn Minuten von meiner Maschine bis zum Ausgang, wo mich Swantje Probst von der Niedersächsischen Staatskanzlei sozusagen als Exponentin der staatlichen Gewalt auf dem Gebiet der Poesie fürsorglich aufgabelte. Dietrich zur Nedden, Hannoveraner, Schriftsteller und Schwitters-Fachmann, sollte mich bald zusammen mit seiner Familie für eine Woche in Gewahrsam nehmen. Das war eine gute Zeit.

Die Regierung des Bundeslandes Niedersachsen hatte beschlossen, ihren offiziellen ausländischen Gästen zur Ausstellung ein Buch mit eingelegter CD als Geschenk zu überreichen. Darin sind Nachdichtungen des skurrilen Gedichts ›An Anna Blume‹ aus fast allen ca. 180 Teilnehmer-Ländern der EXPO in den dort verwendeten Amtssprachen und Schriften enthalten. Das Gedicht mit der bewusst falschen Grammatik stammt von dem bildenden Künstler, Autor und Typographen Kurt Schwitters, der 1887 in Hannover geboren und 1948 im englischen Exil gestorben ist. Seine Werke sind heute in vielen Museen der Welt vertreten. Die literarischen Arbeiten – Gedichte, vor allem Lautpoesie, Grotesken, Prosa und Programmschriften – sind inzwischen in viele Sprachen übersetzt, seine Komposition der *Ursonate* gilt als bedeutendes Werk der Avantgarde des frühen 20. Jahrhunderts. Das *Anna-Blume*-Gedicht ist etwa 1919 entstanden und noch von Schwitters selbst ins Englische, bald darauf von anderen auch in weitere Sprachen übertragen worden.

Da *Anna Blume* als Botschafterin der Stadt Hannover in die Welt reiste und von überallher in sprachlich neuem Gewand zurückkehrte, sollte sie zugleich aus der Fremde nach Möglichkeit auch einige der dortigen Erfahrungen mit nach Deutschland zurückbringen. Darum wurden die Teilnehmer des Nachdichtungsprojektes auch eingeladen, ein eigenes Korrespondenzgedicht beizutragen, das auf das *Anna-Blume*-Gedicht Bezug nimmt, darauf reagiert, mit dem Material spielt, frei assoziiert etc. Von den Autoren der Korrespondenzgedichte wurden fünfzehn nach Hannover eingeladen, um an öffentlichen Lesungen in der Stadt und auf dem EXPO-Gelände teilzunehmen. Ich war einer von ihnen.

Die Stadt gefiel mir von Anfang an. Und meine *Anna-Blume*-Kollegen, die internationalen Poeten, erinnerten mich an manchen angenehmen Schulausflug vergangener Tage. Nur der Klassenlehrer fehlte, oder vielleicht hieß er Kurt. Kurt Schwitters.

Gesehen habe ich die (post)modernen *Anna-Blume*-Aktanten zum ersten Mal am Sonntag, dem vierten Juni. Dem unverkennbaren lateinamerikanischen Zauber geborener Dichtkunst und ungestümer Lebensfreude konnte ich mich schlecht entziehen. Alicia Torres aus Venezuela, Hector Picoli aus Argentinien, Luis Bravo aus Uruguay stürzten allesamt gleichsam mit all ihren vielen Welten und Sinnen auf mich zu. Ungezählt. Unzählbar. Nikki Johnson aus Jamaika – eine Piratin der Weltliteratur – kaperte unbezwungen Menschen und Texte. Andres Ehin aus Estland donnerte wie ein grimmerfüllter Krieger alter Zeiten sein eigenes Verständnis der Dinge in die lustige Gesellschaft hinein. Salah Helal aus Ägypten brachte Leidenschaft und Reflexion aus dem Wirbel stürmischer Karawanen des Gemüts. Gabriel Rosenstock aus Irland ließ im belebten Augenspiel seiner Innenwende die Kulturlandschaft der Nation durchblicken, die so sehr für ihre Dichtkunst beneidet wird. Joe Friggeri aus Malta erwies sich als ein guter Witzerzähler. »You don't look like a professor«, sagte ich ihm später einmal vollkommen wahrheitsgemäß. »Actually you have something almost human in your look.« »Thank you, my friend, I take it as a compliment«, erwiderte der in Oxford und

Mailand promovierte Maltese. Lindsey Collen aus Mauritius und Galsan Tschinag aus der Mongolei wurden vorerst vermisst. Afrika sprach durch Marie Claire aus Kamerun, Monique Ilboudo aus Burkina Faso und Pearl Seipone aus Botswana. Touradj Rahnema aus dem Iran teilte mir mit, er habe vorige Nacht von einem jungen Mann geträumt, der von sich selber behauptete, der beste Germanist aus Rumänien zu sein. Ob damit wohl ich gemeint war?

Am Dienstagabend gab es bei *Anna-Blume*-Herausgeber Klaus Stadtmüller eine Party. Mein Gastgeber Dietrich entwendete mit unbekümmerter Großzügigkeit das Fahrrad seiner Frau Anke und lieh es mir, damit ich in der Zeile um Zeile eroberten Messestadt auch über die entsprechenden verkehrstechnischen Mittel des poetischen Anstands verfügen konnte. »Where did you get this bike?« wollte Joe wissen, als ich mich dann stolz auf den Sattel meines Fuhrwerks schwang, nachdem wir die Stadtmüller-Festung verlassen mussten – zugegeben erst nach vollständiger Plünderung der verzehrbaren Vorräte. »I bought it for two hundred Mark«, war meine Antwort. Doch der gerissene Poet aus Malta fiel nicht darauf herein.

Eins glaubte ich von Anfang an zu erkennen: Hector konnte mir nach beinahe sechs Jahren immer noch nicht verzeihen, dass die rumänische Fußballmannschaft die argentinische seinerzeit im WM-Semifinale besiegt hatte. Eins glaubte ich von Anfang an zu erkennen: Alicia verfügte über ein ungewöhnliches Maß an Einfühlungsvermögen. Im Dickicht der Poesie schuf sie Verbindung. Und Pearl schöpfte Ton und Sinn aus dem Urwald des Sagens. Eins glaubte ich von Anfang an zu erkennen: Joe wollte mein Fahrrad.

Hannover Hannover. Wo kommst du her, buntes Dichtervölkchen? Wie heißt deine Sprache? Fragen. Antworten. Stimmungen. Generalprobe im Lister Turm: Hitchcock hätte sich gefreut. Ein überlautes Deklamieren der polyphonischen Anna-Varianten begann. Um ganz ehrlich zu sein, war ich in dem Augenblick nicht hundertprozentig sicher, dass eine gute Sache in Gang gebracht wurde. Doch man muss mit den Wölfen heulen, wie der Volksmund sagt. Oder mit den Dichtern dichten, um eine diskrete Nuance zu setzen.

Anna Blume hat ein Vogel, heißt es bei Schwitters. *Ein verrückter Deutscher erzählt mir aus einem anderen Jahrhundert von meinem Kopf voller Vögel*, weiß Alicia Torres aus Venezuela zu sagen. *Ich glaube nicht, dass Schwalben viel von unserem Tempus halten*, erwidert Touradj Rahmena aus dem Iran, der die kapriziöse Grammatik höherer Gefilde bedenkt. *Orice pasare pe limba ei piere*: Jeder Vogel stirbt in seiner eigenen Sprache, meint das rumänische Sprichwort, dessen Sinn mir während unseres schwitternden Zwitscherns im Lister Babel-Turm irgendwie näherkam.

Am Abend des 7. Juni 2000 wurde auf dem Gelände der Weltausstellung, im Deutschen Pavillon, eine dramatische Inszenierung des Nachdichtungsprojekts veranstaltet. Aus der Tiefe kam die Bühne mit den Poeten langsam empor, während die *Anna-Blume*-Nachdichtungen zugleich in allen fünfzehn Sprachen vorgetragen wurden. Als die Bühne hielt, waren die einzelnen Fassungen als eigenständige Sprachbrocken an der Reihe, und dann verschwand die polyphone Dichterschar wieder im babylonischen Gemurmel. Für eine kleine Weile konnten die Zuschauer den virtuellen Turm wirklich sehen, an dem ein ewiges Sinnbild der Menschheit und vielsprachig entstehungslüsterne Redetexte klebten. Weil das Publikum es so wollte, kam bald ein neuer Auftritt zustande: Die iterativ generierende Veranlagung der *Anna Blume* schimmerte durch.

Als wir aufhörten, starb unser Text, starb Schwitters Text ganz nebenbei in fünfzehn verschiedenen Sprachen. Ein kollektiver Schatten ungefährer Ausdruckskraft, treues Verbleibsel aus Echo und Selbst, war zurückgeblieben. Wir hatten es uns gut überlegt.

Wir wollten die Wortgeschichte nicht verlassen, den Rundgang um die Schrift, die seinslüsternen Laute zeitloser Liebe nicht beenden. Es war ein *Rückwort*, das uns rettete, als wir mit den Windmühlen vermessener Vokale kämpften: im lexikalischen Spiel hinterlistiger Fremdheit. In eigener Sprache sterben, heißt: nicht absagen. Dass Eros im Worte sei, verkündete ein Engel: unser Schutzwort Hannover.

Zwei Bücher wurden herausgegeben. ›A-N-N-A‹, die Sammlung der Nachdichtungen und ›Anna Blume und zurück‹, die Sammlung der Korrespondenzgedichte. Und es gab auch eine öffentliche Vorstellung dieser Bücher. Und es gab auch Worte, die da im Hannoverschen Leibnizhaus fielen: große Worte. Die bestmöglichen Worte der bestmöglichen Welt, könnte man sagen, wenn man es so wollte. Der Vertreter des Wallstein Verlags, in dem ›Anna Blume und zurück‹ erschienen ist, griff sogar zu einem Goethe-Zitat, um all die mühsame Arbeit an den Tag zu legen, die den freudigen Druck überhaupt erst ermöglichte. Ungleich direkter wusste Dietrich zu Klampen, der Verleger der ›A-N-N-A‹, herzlich wenig über seinen eigenen Verdienst zu erzählen, wobei er in erster Linie auf die Großartigkeit der *Anna*-Idee hinwies und eine ansprechende Laudatio auf die Menschen hielt, die hinter diesem dankbaren Projekt stecken. Die Herausgeber Gerd Weiberg, Klaus Stadtmüller und Dietrich zur Nedden sind die Spitze des Eisbergs gewesen, der auf produktionswütig verklärtes Hochwasser der Poesie zusteuerte, in dem die Niedersächsische Staatskanzlei die offiziellen EXPO-Gäste baden wollte. Die deutschen Medien haben die Auftritte im Leibnizhaus und im Deutschen Pavillon auf der EXPO sowie die beiden Bücher mit Aufmerksamkeit und positiven Reaktionen registriert. Darüber hinaus sind Hörbeiträge zu der Lesung am Montag, den fünften Juni, von einer lokalen und einer überregionalen Rundfunkanstalt gesendet worden. Anna ist im Kulturdschungel des

Deutschen Pavillons nicht untergegangen. Oder wenn schon, dann wurde sie doch bald wieder gut aufgehoben.

Mein Gastgeber in Hannover, der Schriftsteller und *Anna-Blume*-Mitherausgeber Dietrich zur Nedden, vermittelte mir einen ergiebigen Einblick in das Theaterleben der Stadt. Eines Abends gab es im Schauspielhaus auch eine Vorstellung der gesamten österreichischen EXPO-Teilnahme auf dem Gebiet der Literatur. Im Gespräch mit Sachkundigen von Nah und Fern machte ich die positive Erfahrung, dass Rumänien in der Tintenwelt durchaus kein Fremdwort ist. Jeder gab dem anderen, was er an Gemüterfracht im Sack hatte. Der Kulturaustausch gestaltete sich als ungezwungenes Alltagsding. Und manches sprechende Bild von der *anderen* Seite der Niedersächsischen Landeshauptstadt gewann ich wie nebenbei, etwa beim Obstler oder im Rhythmus des Fahrrads.

Ein Mann aus Hannover schuf vor geraumer Zeit ein umstrittenes Werk. Er war nicht bescheiden. Sein Leitwort: *Jeder Gebildete sollte dieses Gedicht kaufen.* Poeten aus aller Welt flogen Anfang Juni des Jahres 2000 nach Hannover, um im zeitweiligen Zentrum der Welt ein klangvolles Wahrzeichen des sinnvoll integrierenden Multikulturalismus zu setzen, der heutzutage zum guten Ton gehört.

Dichter Polyphonie hieß der Abend des siebten Juli im Deutschen Pavillon. Aus fünf Kontinenten kamen an die zweihundert Stimmen nach Deutschland, darunter fünfzehn mitsamt deren leibhaften Trägern, um den Babel Turm in Hannover gleichsam noch einmal und nun bezeichnenderweise rückwärts zu errichten.

Komischerweise standen an den Garderobetüren im Deutschen Pavillon die merkwürdig klingenden Sammelbegriffe: Dichter Damen bzw. Dichter Herren. Wobei wir allerdings in unserer poetologisierten Eigenschaft als *Anna-Blume*-Leute ja eher als Damen Dichter auftraten. Aber wahrscheinlich sind Dichter

Damen und Dichter Herren Begriffe, die anständiger klingen. Dichter sein wird somit gleichsam fast so gut wie jeder andere Job.

Wie weit ist das Echo der *Anna Blume* gedrungen? Wie stark war der Widerhall ungestümer Querdichtungen? Ein anhaltendes Nachempfinden ergiebigen Deutschtums auf internationaler Ebene in die Wege zu leiten, eine spontane Brücke zur unmittelbaren Verständigung zwischen Kulturen und zur innigen Zuneigung zwischen Menschen, die einander nicht immer so fern sind, wie es den Anschein hat: Dies hatten die Veranstalter, dies hatten die Teilnehmer eines nahezu wahnsinnigen Unterfangens im Sinn.

Luis Bravo aus Uruguay umschwärmt das *Tagesfeuer im Blumenhemd*, das er aus Annas Alltagskleid zurechtschneidet. *Leben wir nicht alle Leben als schrieben wir Wunder Gedichte in geborgter Zeit?* fragt sich Lindsey Collen aus Mauritius. *Dich sag ich frag ich mag ich gern*, dichtet Marie Claire aus Kamerun. *Anna, die ungezählte Platzanweiserin* zählt die dramatische Dichtergestalt Andres Ehin aus Estland. *Mein Blauling du und meine Beere, Blaublutig stolz und blutig rot*, schöpft Joe Friggeri aus Malta. *Die gelbe die grüne die gedankenlose Oase* besingt Salah Helal aus Ägypten. *Das Weiß deiner schwarzen Augen ist rot*, findet Monique Ilboudo aus Burkina Faso. *Dich zuerst und zuletzt, Ich verloren, aber nicht allein*, so Niki Johnson aus Jamaika. *Anna, legst dich hin und überlegst im Grase. Ha...? Nn...Ah...!* So sieht es Hector Picoli aus Argentinien. Und meint dabei, der Ort sei das Wort. *Dir oder Dich? Das ist die Frage* für Touradj Rahnema aus dem Iran. *Hier bin ich Blüte, beug mich ganz und gar,* träumt Pearl Seipone aus Botswana. Gabriel Rosenstock aus Irland schreibt in *Anna kommt und Anna geht*: *Geblieben ist mir nur das leere Blatt*. Daraus will er lesen. Alicia Torres aus Venezuela offenbart sich so: *Ich bin hier, ungezählt, wie man mir sagte*. Galsan Tschinag aus der Mongolei bringt seine entfesselte Poetologie der Steppe: *Dich, du Flammen-mähnstute, du Glutschwanzgazelle. Ich pirschte mich heran an dich, warf das Lasso und hatte dich happ! in der Schlinge.*

Zwischen dem ersten und dem zweiten Auftritt im deutschen Pavillon durften wir essen und trinken. Das war keine schlechte Idee. Im exklusiven Saal *Berlin* konnte einer beinahe glauben, er sei in einer Bergstation: Die Seilbahn zwischen EXPO Ost und EXPO West, zwischen EXPO Nord und EXPO Süd, zwischen EXPO Reich und EXPO Arm ging dicht an uns vorbei und vermittelte die Illusion, dass auch im platten Raum die Landschaft in die Höhe schießt. Ich musste gleich an unsere Bühne denken: an das Auf und Ab kombinierter Sagkraft. Die Poeten wurden aufgefordert, ein paar Worte zum besten zu geben, nicht mehr als zwei Zeilen. Joe, unser geistreicher Kollege aus Malta, sagte: *There was a man in Hannover, and now we're so sad it's all over.* Was nicht falsch war. Ich stellte folgende Preisfrage: *Wie zählt man drei Herausgeber mit einundachtzig Sinnen und fünfzehn erschwitterten Zungen?*

Mein Verständnis der *Anna* liegt im Zählen der Dinge, die inwendig wandern. Wir zählen die Buchstaben. Wir zählen die Gefühle. Wir zählen das Geld. Ach ja, und wir zählen den Menschen, den ungezählten, seine Natur, seine Technik und die lauernde Vermessenheit zwischen Ich und Selbst, wenn ein Plural droht. Vor dem EXPO-Gelände zählte man Fahnen. Sie flatterten im Wind und warteten darauf, dass die Stunde schlagen mochte, in der unter Menschen das volle Wort gelte. Guter Rat ist teuer, und Preisfragen kommen wieder in den Trend. Die Poeten in Hannover stellen dafür eine Metapher dar. Es stört uns nicht, als Wahrzeichen des Dialogs zwischen Links und Rechts, zwischen Nord und Süd, zwischen Reich und Arm zu gelten. – Doch das gehört beiläufig nicht hierher!, um wieder mit Schwitters zu sprechen. – Der Sozialstaat nimmt sozusagen gerade seinen internationalen Abschied, der Finanzstaat und der Hi-Tech-Staat wissen dabei nicht immer mit Mensch und Natur umzugehen. Den Kulturstaat gibt es nicht, wohl aber den Kultusstaat. Hoffentlich trägt auch das *Anna-Blume*-Projekt irgendwie dazu bei, den so sehr beschworenen dritten Weg endlich ausfindig zu machen. Und vielleicht auch einen vierten oder fünften. Unser Planet hat sechs Kontinente.

Ich will damit nur sagen, dass wir aus vielen Richtungen kamen, dass wir in viele Richtungen gingen, und dass viele Sprachen durch die Muschel wandern: nicht um den Text zu töten, sondern um ihn einzubetten. Und dies ist an sich eine starke Metapher, die der Idee entstammte, die dem EXPO-Beauftragten des Niedersächsischen Ministerpräsidenten, Gerd Weiberg, einst während irgendeiner gemütlichen Tischrunde, höchstwahrscheinlich irgendwann zwischen dem Fünften und dem Sechsten kam, so *Anna-Blume*-Verschworener Klaus Stadtmüller.

Für die EXPO dichten: Gedichte expo-nieren. Manche mögen das sehr. Manche mögen das nicht. »Wie haben Sie ihr Korrespondenzgedicht geschrieben? Ich dachte, Poesie kann nicht auf Kommando verfasst werden«, meinte mein Winsener Verleger Hand Boldt, den ich während des Hannover-Aufenthalts nun endlich persönlich kennen lernte. »Ja, das dachte ich auch«, war meine Antwort. »Hat aber trotzdem funktioniert.« Für mich war das gewissermaßen eine Familienangelegenheit. *Blumen Adnana* ist meine Frau, Adina. Und meine Großmutter hieß Anna. Ich ging zurück in die Kindheit meiner Worte: in liebendes Sagen.

»Der Herr Tschinag ist eine ganz interessante Figur. Er ist irgend so etwas wie ein Schamane. Die eine Hälfte seiner Zeit verbringt er hier in Deutschland, und in der Restzeit ist er Häuptling eines Nomadenstammes oben im mongolischen Hochland«, wurde mir gesagt.

Toll. Dachte ich mir. Damit kann ich leben. Zwei Tage später war ich gerade brav zum Hauptbahnhof gefahren, um dort in Richtung

Leibnizhaus umzusteigen, als wundersam prompt am Horizont Swantje Probst von der Staatskanzlei auftauchte, die nach etwas zu suchen schien, oder besser gesagt die *jemanden* zu suchen schien. Nicht mich, das war offensichtlich. »Was treiben Sie denn hier?« fragte sie mich mit einer gewissen, ich meine einer gehörigen, wenngleich nicht beträchtlich zu nennenden Verfremdung in der Stimme. Worauf ich eine harmlose und möglichst pflichtbewusst anmutende Miene an den Tag legte. »Nichts Böses. Will ins Leibnizhaus, wo wir ja unsere Gedichte vortragen müssen.« Ein ertappter Schüler hätte wahrscheinlich nicht viel anders reagiert. »Und Sie?« fragte ich nun meinerseits, im wachsenden Bewusstsein dessen, dass ich mich eigentlich nicht als schwänzender Lausejunge auf dem Hannoverschen Hauptbahnhof aufhielt, sondern als staatlich anerkannter internationaler Poet, wenn das Wort erlaubt ist. Und ich meine damit das zusammengesetzte Wort.

»Ich warte auf Herrn Tschinag«, erwiderte sie. Ob der denn mit der Bahn komme. »Nein, er ist schon in der Stadt, vor einer Minute hatte er gerade die Staatskanzlei vom Bahnhof aus angerufen, jetzt bin ich hier, jetzt ist er nicht hier, jetzt sind Sie hier. Sie kommen mit mir.« »Einer ist besser als keiner«, fiel ich ihr beschwichtigend ins Wort. »Sie haben sich so sehr konzentriert, um hier einen Poeten aufzutreiben, dass ich wohl sozusagen in den Sog der dadurch entfesselten psychischen Kräfte geriet und Ihnen entgegenkam. Wenn wir uns nun beide weiter konzentrieren, wird unsere Dichterschar bestimmt größer.«

Es sollte sich bald herausstellen, dass wir uns umsonst Sorgen gemacht hatten. Galsan Tschinag meldete sich schließlich pünktlich zum Leibnizhaus-Auftritt. Zuerst dachte ich an Übersinnlichkeit und Translokation, als er sich sozusagen urplötzlich, gleichsam aus dem Nichts kommend, auf den Stuhl an meiner rechten Seite niederließ, und mir wollte schon ganz unheimlich bange zumute werden, vor allem weil er gleich wusste, wer ich war, obwohl auf meinem Namenschild keineswegs mein eigener Name, sondern vielmehr Anna Blume stand. Doch nein: Er war mit einem Taxi gekommen, einem eindeutig dinglichen Ding. Und für mich ergab das einen durchaus greifbar sinnlichen Sinn.

Seine Anrede: »Meine Damen und Herren, wenn Sie es mir gestatten, möchte ich Ihnen Eines sagen: Fast wäre ich unfähig gewesen, in diesem Augenblick hier zu sein. Warum? Das kann ich selber nicht verstehen. Ich bin nun schon so oft in Deutschland gewesen, und doch musste ich heute volle drei Mal verloren gehen. Wie das vor sich ging, vermag ich mir wie gesagt nicht auszumachen. Es gibt eine einzige Erklärung: Eine Sprache kann man erlernen, nicht aber eine Kultur.« An die Geliebte seiner siebenundzwanzig Sinne hatte Kurt Schwitters sein Gedicht geschrieben. Kann man Sinne zählen? Die Frage stellte ich nicht.

Im Leibnizhaus sagte ich dem anwesenden Publikum im Anschluss an den Vortrag meines Gedichts am Montag, dass Adnana meine Frau ist. Als wir Dichterleute dann am Mittwoch nach der ersten Aufführung auf dem EXPO-Gelände mit der Großzügigkeit arrivierter Politiker Autogramme vergaben, fragte mich eine Dame: »Sie behaupten einerseits, Blumen Adnana sei ihre Frau, auf der anderen Seite aber wissen wir, dass Ihre Frau Adina heißt. Was ist die Wahrheit?«

Ich entschuldigte mich so gut ich konnte für dieses Ärgernis einer offensichtlich unzulänglichen Identifizierung von Form und Inhalt meiner Dichterkombination. Monate später sollte ich im Goethe-Institut Toronto einen Vortrag über Kurt Schwitters und den Dadaismus halten. Ein bisschen voreilig, dafür jedoch überaus energisch und entschlossen, fällte eine – völlig andere – Dame ihr unwiderrufbares Urteil : »Sie sind also ein echter Jünger der Dadaisten! Das ist stark!« Da sie selber meinem Vortrag nicht beigewohnt hatte, wird wohl allein der Umstand der Veranstaltung an sich zu diesem scharfsinnig gemeinten Urteil geführt haben. *Halloh, Deine roten Kleider, in weiße Falten zersägt*, hat Schwitters gedichtet. Und die wenigsten werden klug daraus.

Die Zweckmäßigkeit einer Weltausstellung leuchtet heutzutage nicht immer ein. Wozu? hieß es. Warum kosteten die Würstchen so viel auf dem EXPO-Gelände? Wo liegt der Unterschied zwischen Weltausstellung und Weltanschauung? Warum wurde der rumänische Pavillon bereits im Vorfeld der EXPO von der Kunstakademie Mailand mit dem 1. Preis für Medienarchitektur im Rahmen der Agenda 21 ausgezeichnet? Wird in Hannover gut Fußball gespielt? Warum? Warum nicht?

Freilich konnte die kleine Weltreise am Rande der großen Kleinstadt unter Umständen sehr ermüdend werden. Freilich hätte der interaktiv veranlagte Surfer auf dem weit ausgedehnten Gelände internationaler Selbsterkenntnis bisweilen gerne mehr Alternativen sein eigen genannt, um dem jeweils persönlich ausgeprägten Rezeptionshorizont freien Entfaltungsraum zu gewähren. Freilich will jeder was anderes als die Anderen. Nichtsdestoweniger drangen viele unmittelbar sitzende Eindrücke tief in das Bewusstsein der Menschen ein, die sich diese erschlossen, um herauszufinden, was der Mensch anderweitig zu leisten vermag und wie er heutzutage sich selbst und seine Umwelt empfindet. Die Meister im Sagen greifen neuerdings bekanntlich zu vielen Werkzeugen.

Wer etwa den Film im EU-Pavillon miterlebte, konnte nicht umhin, mit inniger Erregung an die vielen kleinen europäischen Geschichten zurückzudenken, die sich in den letzten Jahrzehnten so gewaltig auf das Selbstbewusstsein des Alten Kontinents ausgewirkt haben und nun gemeinsam in das große überregionale Haus fließen sollen, das für Euro-Angehörige eingerichtet wird. Das Konzept dieser Versinnbildlichung eines erschütternden Werdegangs wurde vorzüglich ausgearbeitet: Die Zuschauer sitzen in einem mobilen Saal, der ein Fahrzeug sein will, das durch die Meilensteine der EU fährt und dabei weder die so wichtigen stimmungsvollen Cafés außer Acht lässt, in denen oft der Hauch kollektiver Gemütsveranlagungen zu erhaschen ist, noch aber die imponierenden Wahrzeichen des bewährten europäischen Identitätsgefühls, darunter der Eiffel-Turm, von dem aus man auch gleich einen Abstecher ins Weltall macht, um dann wieder auf die Erde niederzustürzen, die wir alle *unser* nennen. Wer sich auf diese wahnsinnige Fahrt begibt, kann die Chance wahrnehmen, mehr über sich selbst zu erfahren und über das, was noch auf einen zukommt.

Nach vorne, nach links und rechts, nach oben und unten: Überall fährt das Fahrzeug der kollektiven Erkenntnis hin, in dem die Besucher des EU-Pavillons durch eine Geschichte sausen, deren größtes Wort noch nicht geschrieben wurde. Nur rückwärts geht es nie: Bis man schließlich durch einen gewaltigen Anprall gegen die Mauer zum Stehen gebracht wird. Ja, es ist die Berliner Mauer, sie will unserer Traumfahrt ein Ende bereiten: Sie will die Endstation unserer Hoffnung sein. Wir nehmen Anlauf und schießen wie ein Prellbock nach vorne, um die Zukunft zu sichten. Ein Riss entsteht. Und noch einer. Und dann viele andere mehr. Bald geht es weiter über den Trümmerhaufen entzweiender Bauten der Willkür. Die Gegenwart ist da, viele Stimmen sollen nun in ihr Platz haben. Wir freuen uns sehr über den Fall der Mauer, all dies haben wir gemeinsam miterlebt, gemeinsam mitgestaltet. Oder doch nicht? Eine Ahnung kommt auf: Man braucht kein Held zu sein, um Geschichte zu schreiben, man braucht kein Genie zu sein, um Außerordentliches zu leisten. Es reicht, wenn man im richtigen Sattel sitzt. Im richtigen Pavillon. In der rechten Welt. Sometimes you just have to hang over. It's what we did in Hannover. Auch das gehört eigentlich nicht hierher.

Die fünfzehn Meter hohe Dachkonstruktion des Deutschen Pavillons wog über tausend Tonnen. Das sich darunter manches tat, ist ein offenes Geheimnis. Auf hundertunddreißig Meter Länge und neunzig Meter Breite erstreckten sich die *Ideenwerk-*

statt Deutschland, *Brücken in die Zukunft* und *Mosaik Deutschland*. Das Kulturprogramm im Deutschen Pavillon umfasste mehr als fünfhundert Veranstaltungen. Jeder Augenblick schien voll ausgelastet. Im Kino wurde ein recht überwältigender Film gezeigt, dem man freilich von Anfang an entnahm, dass er vor allem daraufhin konzipiert wurde, recht überwältigend zu wirken.

Jeder Rundgang durch die Welt stirbt in eigener Sprache ab: jeder Gedanke, den ein Mensch hegen mag. Bukarest-Amsterdam-Toronto-Hannover: Kurt Schwitters. Meine Anhaltspunkte drehen sich. Meine Sprachen strömen durcheinander. Die Wegweiser kann man auch rückwärts lesen.

Hinüber zum kanadischen Pavillon: Mit seinen 7.500 Quadratmetern ist er der zweitgrößte nach dem deutschen. Wenn man sich ein Fußballfeld denkt, hat man einen Begriff davon. Auch hier wartet unter anderem ein multimediales Ereignis, und zwar fast so gut, wie dasjenige im EU Pavillon. Gezeigt wird natürlich vor allem die einmalige Vielfalt der Natur und der Menschen. Die sagenhaften kanadischen Wälder agieren gleichsam als dramatischer Treffpunkt zwischen dem natürlichen und dem technischen Verständnis der Stunde: Auf einmal fängt ein Wald Feuer. Der Kampf zwischen den Elementen gestaltet sich im Zeichen der Herausforderung, Mensch, Natur und Technik unter denselben Hut zu bringen.

Die technische Lösung der Aufzeigung dieser Perspektive kommt erstaunlich gut an, denn es werden sowohl virtuelle als auch natürliche Aktanten dazu herangezogen. Das Wasser ist echt, der Brand hingegen simuliert. So einfach dieses Konzept auch an sich scheinen mag, so gewaltig wirkt es dank der vorzüglichen Inszenierung. Durch das anschaulich abgestimmte Augenspiel der Springbrunnen wird der virtuelle Brand im multimedialen Erlebnisbereich gelöscht.

Auf der einen Seite kann man somit erfahren, wie der Mensch mithilfe moderner Technik sich der Natur bemächtigt: nicht um ihrer Herr zu werden, sondern um das ökologische Gleichgewicht des immer kleiner dünkenden Globus verantwortungsbewusst zu bewahren. Zugleich aber rückt anhand dieses Bildes eine neue Überlegung des Gegeneinanders von fingierter und tatsächlicher Wirklichkeit in den Vordergrund der Betrachtungen. Gewöhnlich ist es ja eher so, dass Imaginäres in das Reich der Wirklichkeit eindringt, um Welten entstehen zu lassen. Dieses Mal jedoch dringt die Wirklichkeit in den funktional-ästhetisch verklärten Bereich entfesselter Einbildungskraft ein, wodurch die Akzeptanz einer elektronisch simulierten Lebhaftigkeit der kanadisch geprägten Radiographie unserer Zeit ungemein potenziert wird. Poesie kann auf die Wirklichkeit einen gewaltigen Einfluss ausüben. Das *Tagesfeuer im Blumenhemd*, von dem Luis aus Uruguay sprach, glaubte ich hier im elementaren Auf und Ab der Springbrunnen beiläufig ausgehen zu sehen.

Vor der Wüste am Pavillon der Vereinigten Arabischen Emirate spazierten drei Elefanten herum; freilich wirkten sie eher wie große Haustiere. Volksmusik und Trachtenfeste boten sich an allen Ecken an.

Oft gelang es gerade den weniger entwickelten Staaten einfacher, die Besucher zu beeindrucken, da sie ein reichhaltiges Kulturdiagramm bisweilen exotischer Regionen brachten. Den Rhythmus afrikanischer Trommeln zum Beispiel kann das Wort schlecht einfangen. Pearls Schuhwerk riss mitten auf dem EXPO-Gelände, Joe musste ihr beim Einkaufen helfen.

Gut angekommen ist die Idee der zentralen Themenparks. Die globalen Lösungen und die globalen Nöte gehen freilich oft weit auseinander, wobei man sich allerdings mittlerweile weltweit im zunehmenden Maße dessen bewusst wird, dass der im Rausch eigennütziger Globalisierung von fleißigen Umweltverschmutzern in den Nachbargarten exportierte Mist allen Staaten früher oder später unheimlich viel zu schaffen macht. Doch irgendwie ist die Stimmung zu feierlich, um dies jetzt eindringlich zu bedenken.

Und es gab in Hannover natürlich auch Demonstrationen gegen die EXPO – wie es auch in Toronto ganz bestimmt welche gegeben hätte, wenn es der Stadt gelungen wäre, den Zuschlag für die Weltausstellung zu erhalten. Die verzeichneten Auseinandersetzungen mit der Polizei würden in Nordamerika allerdings eher als elegantes Gesellschaftsspiel gelten. Manche am liebsten behutsam totgeschwiegene Aspekte globaler Binsenwahrheiten wurden zwingend säuberlich mit expo-niert, ob man es nun wollte oder nicht.

Anna Blume und zurück: Die Tatsache, dass ein solches, auf Anhieb verrückt dünkendes Projekt überhaupt zu entstehen vermochte, ist alles andere als selbstverständlich. Die Idee, Schwitters Blume am Ausgang des Jahrtausends weltweit in zahlreichen linguistischen Farbtönen erneut aufblühen zu lassen, gestaltete sich als eine glänzende Förderung des interkulturellen Dialogs, der dem Sinn einer Weltausstellung nahe kommt. Der divergierenden Strömung des Nachdichtungsprojekts gesellte sich als thematisch integriertes Pendant die konvergierende Gegenschöpfung der Korrespondenzgedichte hinzu. Anna, das ungezählte Frauenzimmer poetischer Fracht, wurde durch stürmische Phantasien der Nachempfindung tausendmal beschworen, gedreht, gewendet, ihrer Alltagsbuchstaben entkleidet, als ontologisches Fragezeichen durch die Sprachgewalt zumutbarer Polyphonie getragen und dann schließlich wieder auf die Beine gestellt: Ein Bild von der Geworfenheit globaler Impulse war da.

Gegen Ende unseres Aufenthalts sagte mein Freund Galsan aus der Mongolei zu mir: »Hai sa mergem acasa – Lass uns nach Hause gehen –.« Er hatte in seiner Studienzeit in Leipzig rumänische Kollegen gehabt. Fluchen konnte er auch ganz anständig auf Rumänisch. Und dabei erwartete man gerade von ihm etwas recht Fremdartiges. Gehört das beiläufig hierher?

Manche Wege führen nach Hannover: Manche Wörter führen nach Hannover. Und wie einer so plötzlich merkt, dass die Städte der Welt, dass die Länder der Welt unter Umständen jeweils nur eine Strophe voneinander entfernt sind, wird irgendwie die Ahnung eines Gedankens wach, der dieses Jahr an vielen Orten unseres tropfenden Globusses schlummert und gleichsam nur darauf wartet, mit auflebender Einbildungskraft aktiviert zu werden. Dann wird die Frage in den Raum, dann wird die Frage in das Wort gestellt:

Bin vielleicht auch ich ein Hannoveraner? Und die Antwort liegt dem Herzen nah.

W ö r t l i c h e Z i t a t e (im Text kursiv) entnommen aus:

Gerd Weiberg / Klaus Stadtmüller / Dietrich zur Nedden (Hg.) – A-N-N-A!
Kurt Schwitters' Gedicht ›An Anna Blume‹ in 154 Nachdichtungen aus 137 Ländern sowie als Hörstück auf CD. Lüneburg 2000.

Gerd Weiberg / Klaus Stadtmüller / Dietrich zur Nedden (Hg.) – Anna Blume und zurück. Poetische Antworten auf Anna Blume von Kurt Schwitters. Göttingen 2000.

EINZELBEGEGNUNGEN

Vor dem Sturm der Revolution
Maxim Gorki begegnet Lew Tolstoj, Jalta 1903
Von Thomas Dunzweiler

›Ich weiß, dass jetzt wieder die Drähte nach Moskau glühen, denn Ihr wisst nicht, wie Ihr Euch nun verhalten sollt‹, sagte Gorki zu sich selbst, während sich die Tür zum Palais öffnete. ›So einfach habt Ihr Euch von mir hinter das Licht führen lassen. Die mächtige Ochrana, die Geheimpolizei im Dienste des Zaren, aufs Kreuz gelegt von einem einzigen Schriftsteller. Trotz des Verbotes bin ich nun also doch nach Jalta gefahren. Wollen wir doch mal sehen, was Ihr tun werdet.‹

»Einen guten Tag, Alexej Maximowitsch Peschkow. Der Herr Graf weilt in den oberen Räumen. Wenn Ihr mir bitte folgen möchtet«, begrüßte ihn ein hochnäsiger Diener in einer Livree, die einem Rokokopagen alle Ehre gemacht hätte.

Eine sarkastische Bemerkung lag Gorki auf der Zunge, jedoch schwieg er.

So folgte er dem Diener schweigend die Treppe hinauf. Doch bereits auf halber Strecke kam ihm sein Gastgeber, gekleidet wie ein russischer Bauer, entgegen:

»Seid gegrüßt, Gorki. Keine Angst vor der Geheimpolizei? Nach den Vorkommnissen in Kasan hat man Euch doch verboten, nach Jalta zu kommen.«

»Auch Euch einen guten Tag. Nun, Lew Tolstoj, die Ochrana verfolgt und beschattet mich. Aber wie Ihr seht, nur mit mäßigem Erfolg. Ich nehme an, Sie wissen nicht so ganz genau, wie sie mich einschätzen sollen. Ich glaube, ein wenig Unfähigkeit kommt auch noch dazu«, antwortete Gorki mit einem süffisanten Lächeln auf den Lippen.

»Unterschätzt die Ochrana nicht. Ihr Arm reicht weit und Ihre Kerker sind dunkel.«

»Zar Nikolaus ist nicht Alexander.«

»Eben drum. Bedenkt, Gorki, unser Zar ist schwach, da kann sich so manche Entwicklung verselbstständigen.«

»Gefährliche Worte aus Eurem Mund, Tolstoj.«

»Moskau ist weit weg und ich weiß, dass auch Ihr solche Gedanken hegt.«

»Man unterstellt mir solche Gedanken, doch beweisen kann mir das niemand.«

»Denkt Ihr. Allein Euer Gedicht über den Sturmvogel hat der Geheimpolizei den Beweis geliefert, dass Ihr nicht unbedingt an ein sakrosanktes Zarentum glaubt. Warum hat man Euch nach Abdruck des Gedichtes wohl eingesperrt?«

»Ich weiß. Ich muss zugeben, es hat mich schon etwas erstaunt. Schließlich lesen meine Schriften nicht nur die Unzufriedenen, sondern auch und gerade das bürgerliche Lager. Mich beschäftigt aber die Frage, mein lieber Tolstoj, glaubt Ihr noch an ein sakrosanktes Zarentum?«

Der Angesprochene wollte darauf eine Antwort geben, besann sich jedoch und wies mit der Hand auf eine Tür.

»Gehen wir in die Bibliothek. Ich empfange ungern Gäste und lasse sie dann auf dem Korridor stehen. Man soll mir nicht nachsagen, ich wäre unhöflich.«

Mit diesen Worten wandte sich Lew Tolstoj zur Tür, öffnete diese und ließ seinen Gast eintreten. Gorkis Blick fiel auf einen Tisch in einer Ecke des Raumes. Auf dem Tisch stapelten sich Bücher und Schriftstücke.

»Mein Arbeitsplatz ist, wie Ihr seht, ein wenig unaufgeräumt. Entschuldigt, dass ich auf Euren letzten Brief nicht eher geantwortet habe, ich bin mit der Beantwortung der Post im Rückstand.«

»Ich nehme an, mein lieber Tolstoj, man überschüttet Euch mit Werken, welche Ihr rezensieren sollt.«

»Wenn es nur das wäre. Schlimmer sind die persönlichen Bitten um Geld. Ich kann nicht jedem helfen.«

»Russland ist arm. Während meiner Wanderungen durch dies weite Land habe ich viel Elend erlebt, trotz der großartigen Reformen der Zaren.«

»Euer Zynismus hinsichtlich der Reformen spricht Bände über euer Denken. Ich kann Euch nur warnen, seid vorsichtig mit solchen Sätzen.«

»Wenn es doch die Wahrheit ist. Im Volk gärt es schon stark. Wenn Nikolaus nicht bald durchgreifende Reformen in Gang bringt, wird er einen Sturm entfachen, den er nicht mehr beherrschen kann.«

»Das wird er nicht tun. Der Adel weiß doch schon lange nicht mehr, wo der Schuh wirklich drückt. Was haben die Landwirtschaftsreformen gebracht? Nichts, außer dass die Armen noch ärmer und die Reichen noch reicher wurden. Noch immer regiert überall die Leibeigenschaft. Dieses Land muss wieder zur freien Bauernschaft zurück!«

»Die Bauernschaft wird dieses Land nicht retten. Das Schicksal der Muschiks wird keine Veränderung der Verhältnisse bringen. Die Arbeiterschaft wird es sein, die das Ende des Regimes in die Wege leitet.«

»Nein, mein lieber Gorki, die gottlosen Heere der technokratischen Dämonen in ihren Höhlen der Ausbeutung werden wohl auch von den dringend notwendigen Reformen profitieren. Aber die Veränderung ist nur möglich, wenn man wieder glaubt, so wie es der unterjochte Muschik auf seinem Hof tut. Ich betone, auf dem Hof und nicht, wie es die Popen gerne hätten, in ihren Tempeln der Verblendung und Anmaßung.«

»Der Sturm, der kommt, wenn nichts geschieht, wird die Heilige Mutter Kirche ebenfalls hinwegfegen. Eine neue, bessere Zeit wird kommen.«

»Wer weiß, wann. Doch verzeiht meine Unhöflichkeit. Nehmt Platz. Was darf ich Euch zu trinken anbieten?«

»Danke, mir reicht ein Glas Wasser. Die trockene Luft heute macht einen recht durstig«, sprach Gorki und setzte sich in einen der vorhandenen Ohrensessel.

»Im Sommer kann es hier im Süden der Krim sehr heiß werden. Gut, ich lasse sogleich von meinem Diener Wasser bringen.«

Lew Tolstoj trat an eine Klingelschnur, zog daran und nahm ebenfalls in einem Ohrensessel Platz.

Kurz darauf öffnete sich die Tür und der Diener trat in die Bibliothek.

»Herr Graf haben geläutet?«

»Ja, bringe Er meinem Gast und mir ein Glas Wasser.«

»Sehr wohl, Herr Graf.«

Mit einer angedeuteten Verbeugung verschwand der Diener wieder.

Lew Tolstoj blickte dem Diener hinterher und wandte sich dann Gorki wieder zu.

»Ihr wundert Euch sicher, warum ein Mensch, der das Leben des einfachen Muschiks für erstrebenswert hält, sich den Luxus eines Dieners leistet. Ein Zugeständnis an meine Ehefrau, mehr nicht.«

»Erlaubt mir die Frage. Wo verweilt Eure Gattin?«

»Auf unserem Landgut Jasnaja Poljana. Es gab noch das ein oder andere zu regeln. Sie wird in wenigen Tagen nachkommen«, antwortete Tolstoj mit sichtlichem Unbehagen. Schließlich würde ihre Ankunft bedeuten, dass er wieder den Aristokraten spielen müsste. Eine Rolle, die ihm mittlerweile mehr als zuwider war.

»So bestellt ihr einen Gruß von mir, sobald sie hier in Jalta eingetroffen ist. Ich weiß nicht, ob ich mich in ein paar Tagen noch hier aufhalte.«

»Ihr wollt Jalta so schnell wieder verlassen?« Tolstoj war froh, das Thema so schnell wechseln zu können.

»Wahrscheinlich, aber genau weiß ich es noch nicht. Auch beabsichtige ich, unserem geehrten Tschechow noch einen kurzen Besuch abzustatten.«

»Ich habe länger nichts von ihm gehört. Er ist wieder in Russland? Wie geht es ihm?«

»Ja, er ist wieder hier. Seine Tuberkulose setzt ihm zu. Das Klima hier auf der Krim kommt ihm zwar entgegen, aber ich denke mir, dass es nicht entscheidend besser wird. Bleibt so! Er hat mich vor kurzem wissen lassen, dass er wieder zu einem Kuraufenthalt nach Westeuropa reisen möchte. Allerdings soll ein genauer Termin noch nicht feststehen.«

»Ein Mann in den besten Jahren, vom Tod gezeichnet. Was könnte er noch alles vollbringen. Na ja, in meinem Alter spielt eine Krankheit keine große Rolle mehr.«

Gorki setzte zu einer Bemerkung an, doch Tolstoj fiel ihm ins Wort.

»Ich weiß, was Ihr sagen wollt. Spart Euch das Geschwafel vom großen russischen Dichter.«

»Ihr missversteht meine Geste. Ich wollte Euch fragen, wie es Euch selbst geht. Schließlich seid auch Ihr zur Erholung hier.«

»Von diesem Sumpffieber habe ich mich, soweit es das Alter zulässt, erholt. Immerhin hatten die Quacksalber mit dem Klimawechsel Recht. Die Genesung schreitet hier schneller voran.«

Lautlos öffnete sich in diesem Moment die Tür der Bibliothek und der Diener trat mit einem Tablett in den Raum und ging zum Tisch. Er schob achtlos einige lose Blätter zur Seite und stellte zwei Gläser und eine Karaffe mit Wasser an den frei gewordenen

Platz. So lautlos, wie er aufgetaucht war, verschwand der Diener wieder aus dem Raum.

»Ihr traut den Ärzten also nicht sonderlich?« fragte Gorki.

Tolstoj machte eine abfällige Handbewegung.

»Nein, Gorki. Nicht sehr. Ich habe ihre Künste nicht weit von hier selbst gesehen.«

»Das war während des Krimkrieges vor gut fünfzig Jahren. Das könnt Ihr doch nicht mit der Gegenwart vergleichen. Die Medizin hat seitdem einige große Fortschritte gemacht.«

Tolstoj schüttelte missbilligend den Kopf:

»Ihr mit Eurem Fortschritt. Was hat sich denn geändert? Die Armut nicht, die Leibeigenschaft nicht und die Ausbeutung auch nicht. Im Gegenteil, es ist noch schlimmer geworden. Der Muschik verhungert auf seinem Stückchen Land und der Arbeiter – dank dieser wunderbaren Industrialisierung – vor seiner Maschine. Das ist wahrhaft ein großer Fortschritt!«

»Es wird sich ändern. Die Bewegung hat mit ihren Aktivitäten schon begonnen.«

»Das habt Ihr jetzt aber schön ausgedrückt. ›Die Bewegung hat mit ihren Aktivitäten schon begonnen.‹ Dass ich nicht lache. Eure Bewegung ist entweder ins Exil geflohen, sitzt im Gefängnis oder erfriert in Sibirien. Das sind mir schöne Aktivitäten.«

»Lacht nicht. Die Ochrana hat vielleicht den ein oder anderen Anführer eingesperrt, mancher ist auch im Exil, aber der Boden ist bereitet. Innerhalb der Arbeiterschaft gibt es schon sehr viele, die bereit sind, dafür auch zu sterben.«

»Russen und Revolution? Eine gewagte Aussage. Nein, mein lieber Gorki, dafür sind sie zu träge«, sprach Tolstoj, griff nach der Karaffe und schenkte seinem Gast und sich selbst ein.

»Danke für das Wasser. Die Revolution wird kommen. Nicht heute, nicht morgen, aber das Volk wird sich erheben. Ich sagte bereits, dass es im Volk gärt. Selbst unter den Soldaten ist mancher, der für bessere Verhältnisse bereit ist, die Fronten zu wechseln.«

»Aber es sind zu wenig unzufriedene Menschen in diesem Land.«

»Doch, wie gesagt, es wird noch ein paar Jahre dauern. Aber dann wird das System überwunden sein.« Gorki erhob sich von seinem Platz, trat an das einzige Fenster im Raum und blickte hinaus.

Für einen kurzen Moment ließ er seine Augen über das Jaila-Gebirge wandern.

Plötzlich drehte er sich um und sah Tolstoj direkt in die Augen: »Das verspreche ich Euch.«

»Versprecht nichts, was Ihr nicht halten könnt. Polizei und Militär des Zaren sind zu stark.«

»Mir scheint, Euch sind einige Veränderungen entgangen. In Moskau beobachtet man das japanische Verhalten mit Argusaugen. Den Japanern wiederum gefallen unsere Truppen in der Mandschurei und die Flotte in Port Arthur überhaupt nicht. Das birgt einiges an Zündstoff.«

Tolstoj blickte erstaunt auf.

»Ich dachte, Nikolaus hätte zugesagt, die Truppen aus der Mandschurei zurückzuziehen?«

»Hat er auch. Aber er hält sich nicht daran. Da hat ihn wohl der Generalstab in Moskau zur Änderung der Haltung überredet.«

»Das klingt nicht gut. Einen Krieg mit Japan ...«

»Einen Krieg mit Japan würde das Militär nicht durchstehen. Auch wenn die offizielle Presse ein anderes Bild zeichnet. Heer und Flotte wären diesem Gegner nicht gewachsen. Diesem nicht und keinem anderen Gegner. Allein die Ausrüstung ist den Namen nicht wert. Stellt Euch vor, so manchem Soldaten kann der große Zar nicht einmal ein paar Stiefel stellen. Kommt es zum Krieg, ist ein Debakel nicht auszuschließen. Dann werden wir sehen, wie stark Militär und Polizei wirklich noch sind.«

»Ein paar meuternde Soldaten werden leider das System nicht ändern. Ich habe selbst gedient, ich weiß, wovon ich rede. Aber diese widerwärtige Kriegstreiberei ist keine Antwort auf die Probleme der Menschen.«

»Aber sie wird den Untergang des Systems mit sich bringen. Dieser Umbruch wird sich zum Aufbruch in eine neue Gesellschaft wandeln.«

»Eine neue Knechtschaft wird entstehen. Sonst gar nichts. Die Not wird noch größer, möglich, dass Eure Revolution in einen Bürger-, in einen Bruderkrieg übergeht.«

»Ihr seht zu schwarz. Viele Menschen hier glauben schon daran, dass eine neue Zeit kommen muss, kommen wird.«

»Glauben, lieber Gorki, glauben kann man an Gott und Christus, aber nicht an eine Gesellschafts- oder Staatsform.«

Gorki ging langsam zu seinem Sessel zurück, setzte sich und trank einen Schluck Wasser.

»Gott, Christus, Glaube. Ich dachte, Ihr hättet mit der Kirche gebrochen? Hat Euch der Heilige Synod nicht aufgrund Eurer Schriften wider die Kirche exkommuniziert?«

»Und wenn schon«, brummte Tolstoj. »Die Kirche ist auch so eine verlogene Sache mit ihren Salbungen, Waschungen und so weiter. Wo ist da der Glaube? Man hat es institutionalisiert, sinnentleert, dem Menschen weggenommen.«

»Dann muss man es ihm wiedergeben.«

»Natürlich muss man das. Nur wird das nicht gelingen, wenn man den Menschen in seiner Armut sich selbst überlässt.«

»Darum muss man die Armut zuerst beseitigen. Dann folgt alles andere von selbst.«

»Von selbst folgt gar nichts, Gorki. Wer das behauptet, hat nichts verstanden. Die Armut bekämpfen, sie überwinden ist eine Sache. Gleichzeitig müssen Lesen, Schreiben und Rechnen gelehrt werden. Etwas, was Eure angehenden Revolutionäre in ihren Schriften und Reden nur ungern erwähnen. Das Schaf, das unwissend folgt, lässt sich leichter schlachten.«

»Ihr scheint Euch sehr mit diesem Thema zu befassen und es mit wachen Augen zu verfolgen. Aber Ihr habt wahrscheinlich sogar Recht.«

»Ich befasse mich schon sehr lange mit diesem Thema. Es bedarf allerdings keiner Revolution mit all ihren mörderischen Auswüchsen. Das Terrorregime während der Französischen Revolution hat doch gezeigt, wohin das führen kann, wohin es führen wird.«

»Umstürze sind nie friedlich, können nie friedlich sein. Das herrschende System versucht natürlich mit allen Mitteln, sich in seiner Position zu halten.«

»Daher muss unter allen Umständen versucht werden, Veränderungen auf dem friedlichen Wege herbeizuführen. Das Leben ist das höchste Gut, welches wir haben, mein lieber Gorki. Die Lebensumstände zu verbessern bedeutet nicht, Menschenleben dafür zu opfern. Ich stehe mit dieser Meinung nicht alleine da. Ich führe übrigens einen regen Briefverkehr mit einem indischen Rechtsanwalt in Südafrika über dieses Thema. Er ist der gleichen Meinung wie ich, dass man eben auch mit gewaltlosem Widerstand die äußeren Umstände ändern kann.«

»Wenn es doch nur so einfach wäre. Wer die Macht hat, wird sie einsetzen. Koste es, was es wolle. Wir sehen es in unserem Land mit dem Einsatz der Armee. Sobald man öffentlich versucht, gegen das herrschende System zu demonstrieren, wird man von den Kosaken des Zaren niedergeritten oder von der Infanterie zusammengeschossen.«

»Nein, da widerspreche ich Euch. Auch wenn das herrschende System die Armee einsetzt, der friedliche Weg des gewaltlosen Widerstandes ist möglich.«

»Nun, ich für meinen Teil werde als Schriftsteller für eine bessere Welt kämpfen. Meine Waffe wird die Feder sein«, sprach Gorki mit fester Stimme.

»Dann wünsche ich Euch viel Glück in diesem Kampf. Vielleicht werde ich ja noch erleben, wie er ausgeht. Doch verzeiht mir, ich fühle mich ein wenig müde. Es wäre überaus freundlich von Euch, wenn wir das Gespräch morgen fortsetzen könnten.«

»Selbstverständlich werdet Ihr das Ende des Kampfes noch erleben. Bei Eurer robusten Gesundheit ist das doch kein Problem. Ich werde dann morgen kurz nach der Mittagszeit wieder hier eintreffen, sofern ich nicht plötzlich abreisen sollte. Man weiß nie, auf welchen Gedanken die Geheimpolizei noch kommt. Ich wünsche Euch noch einen schönen Tag. Bemüht Euch nicht, ich finde auch alleine hinaus.«

Mit schnellen Schritten durchquerte Gorki die Bibliothek, öffnete die Tür und trat in den Korridor.

Während er die Treppe hinunterschritt, überdachte er das Gespräch:

›Wer hat hier nun welche Rolle gespielt? Der Adlige den Bauern, der Arbeiter den Schriftsteller? Gewaltloser Widerstand? Der alte Herr neigt manchmal wirklich zu sehr abstrusen Ideen. Na ja, werden wohl die Nachwirkungen des Sumpffiebers sein. Ein so zahlreiches Volk wie uns Russen ohne Gewalt vom Joch befreien. Wie denn? Durch einen Hungerstreik etwa? Fragen über Fragen und keine Antworten darauf. Morgen werde ich ihn auf diese Fragen ansprechen.‹

Unentschlossen stand er vor dem Ausgang.

›Aber was wird sein, wenn das kommt, wofür wir leben und kämpfen? Egal, ohne gewaltsamen Widerstand, ohne gewaltsame Umwälzungen wird kein unterdrückendes Regime dieser Welt freiwillig weichen. Der gewaltlose Widerstand wird niemals ein Volk befreien.‹

Mit einem Ruck öffnete er die Tür, schritt in den heißen Sommernachmittag hinaus, lächelte kurz und winkte dem im Schatten eines Baumes stehenden Geheimpolizisten der Ochrana freundlich zu.

L i t e r a t u r (neben Internet-Quellen):

Henri Troyat: Gorki, Gernsbach 1987.

Brockhaus-Enzyklopädie in 24 Bd., 19. Auflage, Mannheim, 1993.

M a x i m G o r k i (eig. Aleksej Maksimovic Peskov) – russischer Schriftsteller, 28.03.1868 Niznij Novgorod (seit 1932 Gor'kij) - 18.06.1936 Gorki bei Moskau; als Waise lebte er 1873-79 vorwiegend bei seinen Großeltern; ohne Schulabschluss ab 1879 auf sich selbst gestellt, 1891-92 Während Arbeitssuche Wanderungen durch Wolgagebiet, Ukraine, Krim und Kaukasus; 1892 erste Erzählung ›Makar Cudra‹; 1902 Leitung des Verlags 'Znanie gemeinsam mit Pjatnickij; Hinwendung zum Marxismus, 1905 Bekanntschaft und Freundschaft mit Lenin, später Konflikt; nach der Revolution von 1905 Reisen nach Amerika und Westeuropa; 1921-28 Auslandsaufenthalt; 1934 Vorsitzender des sowjetischen Schriftstellerverbandes. – Von großer Bedeutung ist seine autobiographische Trilogie.

WERKE (Auswahl): Makar Cudra, Erzählung 1892 (dt. 1924); Foma Gordeev, Roman 1899 (dt. 1901); Troe, Erzählung 1900 (Drei Menschen, dt. 1902); Mescane, Schauspiel 1901 (Die Kleinbürger, dt. 1950); Na dne, Schauspiel 1902 (Nachtasyl, dt. 1903); Mat', Roman 1907 (Mutter, dt. 1946); Ispoved', Erzählung 1908 (Eine Beichte, dt. 1924); Detstvo, Autobiographie 1913 (Meine Kindheit, dt. 1917); V ljudjach, Autobiographie 1914 (Unter fremden Menschen, dt. 1915); Vospominanija o Tolstom, Essay 1919 (Erinnerungen an Tolstoj, dt. 1920); Moi universitety, Autobiographie 1922 (Meine Universitäten, dt. 1953); O literature, Essays 1937; Nesvoevremennye mysli (1917-18) Briefwechsel mit Stefan Zweig, hg. K. Böttcher 1974.

Lew Nikolajewitsch Graf Tolstoj – 09.09.1828 Jasnaja Poljana - 20.11.1910 Astapowo (Gebiet Lipezk), Dichter. 1844-47 Studium orientalischer Sprachen und Jura in Kasan; 1851-56 Offizier der Kaukasusarmee, 1854/55 Teilnahme am Krimkrieg; 1857 erste, 1860/61 zweite Reise nach Westeuropa; 1862 Heirat mit Sofia Andrejewna Bers; lebte ab 1855 als Gutsbesitzer teils in Jasnaja Poljana – wo er Bauernkinder unterrichtete – und in Moskau sowie St. Petersburg. 1910 verließ er seine Familie, um sein Leben in asketischer Einsamkeit zu beenden.

Schriftsteller von Weltrang. Begann seine literarische Tätigkeit mit einer autobiographischen Trilogie, den Erzählungen ›Kindheit‹ (1852), ›Knabenjahre‹ (1854) und ›Jünglingszeit‹. Mit seiner differenzierten Darstellung von Natur und Gesellschaft ist L.T. ein typischer Vertreter des psychologischen Realismus. Seine bedeutendsten Romane ›Krieg und Frieden‹ (6 Bde., 1868/69) und ›Anna Karenina‹ (1878) zählen zur Spitze der gesamten Gattung.

L.T. war ein am Urchristentum orientierter Ethiker; Anprangerung sozialen Unrechts; anarchistische Tendenz in der Ablehnung jeglicher politischer, sozialer und kirchlicher Organisationen.

WERKE (Auswahl): Detstvo, Autobiographie 1852; 1856; Junost', Autobiographie 1857 (gemeinsam mit Detstvo u. Otrocestvo unter dem Ttitel Aus meinem Leben, dt. 1890); Kazaki, N. 1863 (Die Kosaken, dt. 1885); Vojna i mir, Roman IV 1864-69 (Krieg u. Frieden, dt. W. Bergengruen 1953); Anna Karenina, Roman 1873-76 (dt. III 1885); Vlast' t'my, Drama 1886 (Die Macht der Finsternis, dt. 1890); Krejcerova sonata, Erzählung 1889 (Die Kreutzersonate, dt. 1890); Zivoj trup, Drama 1900 (Der lebende Leichnam, dt. 1911); Voskresenie, Roman 1901 (Auferstehung, dt. 1899).

Frank und Milena
Franz Kafka begegnet Milena Jesenská
Von Karla Reimert

14. August 1920, Gmünd

»Mein Liebling!

Mein süßer Liebling!« flüsterte sie, aber rührte K. gar nicht an, wie ohnmächtig vor Liebe lag sie auf dem Rücken und breitete die Arme aus, die Zeit war wohl unendlich vor ihrer glücklichen Liebe, sie seufzte mehr als sie sang irgendein kleines Lied.

»Frank.« Die junge Frau steht auf. Da K. sich nicht rührt, rüttelt sie ihn an der Schulter. Sacht, die Finger nicht mehr als ein Flügelschlag.

»Frank! Du Kindskopf! Wir müssen doch Max anrufen! Komm, gib mir schon meine Jacke.«

Mit ihren schlanken Armen streift die Frau unbekümmert ein Unterhemd über ihre Brüste. Es ist aus Seide und hat unten ein Brandloch. Mit geübtem Griff nimmt die Frau einen Spiegel aus ihrer Handtasche und überprüft den Sitz ihres Haars.

»Dann schrak sie auf, da K. still in Gedanken blieb; und fing an, wie ein Kind ihn zu zerren: »Komm, hier unten erstickt man ja!«

Sie umfassten einander, der kleine Körper brannte in K.s Händen, sie rollten in einer Besinnungslosigkeit, aus der sich K. fortwährend, aber vergeblich zu retten suchte, paar Schritte weit, schlugen dumpf an Klamms Tür und lagen dann in den kleinen Pfützen Biers und dem sonstigen Unrat, von dem der Boden bedeckt war. Dort vergingen Stunden, Stunden gemeinsamen Atems, gemeinsamen Herzschlags, Stunden, in denen K. immerfort das Gefühl hatte, er verirre sich oder er sei so weit in der Fremde, wie vor ihm noch kein Mensch ...«

41

»Frank! Wenn du jetzt nicht sofort aufstehst, spring ich aus dem Fenster direkt in den Fluss und ertrinke!«

Sie boxt ihn spielerisch in die mageren Rippen. Franz richtet sich halb im Bett auf. Nur mühsam kann er einen Hustenanfall zurückhalten. Vor dem Fenster blüht der Obstgarten.

»Frau Milena ...« Er stockt, hebt neu an. Sein Tonfall ist halb ernst halb scherzend: »Milena, willst du mich heiraten?«

Die Antwort lässt auf sich warten. Er sieht, wie sich der schmale Rücken der Frau versteift. Sie dreht sich so langsam um, als sei sie eine Statue auf einem sich drehenden Teller. En face sieht man die breiten slawischen Wangenknochen.

»Hm«, macht Milena. Zwischen den Lippen stecken die fehlenden Haarnadeln. Es sieht aus, als hätte sie ein Bündel kleiner Pfeile getroffen. Nachdenklich legt sie den Kopf schief und taxiert den Mann, der für sie Frank heißt.

Sie sieht: Das hagere Gesicht durch die nächtliche Arbeit der letzten Wochen noch hagerer geworden. Wie ein junger Fuchs sieht er aus mit den hervortretenden Wangenknochen und der langen schmalen Nase. Und dann dieser unmögliche Haarschnitt, topfartig über die harfenförmigen Ohren. Engelsohren, denkt Milena zärtlich.

»Milena, hast du nicht gehört?«

Seine Augen sind selbst im strahlenden Sonnenlicht dunkel, von unbestimmbarer Farbe. Nie wird sich später jemand an die Farbe von K.s Augen erinnern können. Aber anderes könnte man sagen. Wie mager diese Augen sind. Mager, entweichend. Augen auf der Flucht.

Die tägliche Morgengymnastik bei offenem Fenster sieht man ihm weiß Gott nicht an. Dieser furchtbar dünne Körper mit seinen Affenarmen. Die Hände, die so verlegen an den Handgelenken stecken, als wüssten sie nie wohin mit sich.

»Milena! Willst du ... willst du nicht meine Frau werden?«

Schließlich spuckt Milena die Haarnadeln auf den Fußboden: »Aber Frank!« sagt sie mit mütterlichem Tadel in der Stimme, »zwei Menschen können doch nur einen einzigen vernünftigen Grund dafür haben, einander zu heiraten.«

Keine Antwort, ein Spiel. »Welchen?« fragt Franz und richtet sich ganz im Bett auf.

Milena wirft ihm einen zärtlichen Blick zu: »Und zwar den, dass es ihnen unmöglich ist, einander nicht zu heiraten.«

»Sehr geistreich!« Franz rümpft die Nasenflügel und lässt sich in die Kissen zurückfallen.

Milena spricht schon weiter, spricht in den Spiegel wie zu sich selbst: »Dass sie einfach ohne einander nicht leben können. Ohne alle Romantik, Sentimentalität, Tragik ...« und wie in Trance sagt sie: »Das gibt es.«

»Warum dann nicht auch für uns?« fragt Franz jetzt leise.

Milena lacht laut auf und springt zu Franz' Freude aufs Bett, dass die Federn unter ihrem Gewicht quietschen. Dieser wunderbare Körper, die Strähnen ihres Haares, so nah. »Weißt du, was dein Problem ist, Frank?«

»Sag´s mir.«

Er will sie greifen, aber sie entwindet sich ihm und langt mit spitzen Fingern nach ihren Zigaretten: »Die Frauen, mit denen du zusammengekommen bist, waren gewöhnliche Frauen und haben nicht anders zu leben gewusst als eben Frauen.«

»Du meinst also, ich bin das Problem?« lächelt Franz.

Milena schüttelt wild den Kopf und hantiert mit einer Zigarette und Streichhölzern herum. *»Nein, nein! Ich glaube eher, dass wir alle, die ganze Welt und alle Menschen krank sind und du der einzig Gesunde und richtig Auffassende und richtig Fühlende und der einzig reine Mensch.«*

Ehrlich verblüfft starrt Kafka sie an: »Ich? Mit diesem kümmerlichen Rest von Leben und nichts in der Hand als einem blutbespuckten Taschentuch und zwei angefangenen Romanen, die ich nie zu Ende schreiben werde?«

Schnell dreht sich Milena zu ihm und legt ihm den Finger auf die Lippen: »Pst! Das darfst du nicht sagen!«

»Darf ich nicht?«

»Nein, du nicht!«

»Warum?«

»Weil ...« Sie stockt, zieht an der Zigarette und sagt dann unwirsch: »Weil ich weiß, dass du dich nicht gegen das Leben wehrst!«

»Sondern?«

Milena sucht nach Worten: »Sondern ... nur gegen diese Art von Leben wehrst du dich.«

»Wie du.«

»Nein, anders. Ich bin eine Frau.«

»Ja, natürlich, aber ...«

»Aber wenn du nicht weißt, was das für ein Unterschied ist, dann weißt du gar nichts!«

Es klopft zaghaft an der Tür.

»Herein!« befiehlt K. mit harter Stimme.

Die Zimmerwirtin hat ein kleines Dienstmädchen geschickt, für den Fall, dass die beiden Herrschaften oben in ihrem Pensionszimmer vielleicht doch nicht nur Korrekturen vornehmen wollen. Das Dienstmädchen trägt ein schwarzes Kleid mit weißer Schürze. Es sieht darin unschuldiger aus als es vermutlich ist. Vor Unbehagen tritt es von einem Fuß auf den anderen. »Entschuldigung, ... Ein Herr wartet unten auf Frau Jesenská ...«

Milena springt auf: »Ernst!«

K. packt sie derb am Handgelenk: »Milena, das kann nicht dein Ernst sein!«

Milena gibt sich alle Mühe, aber sie muss schallend herauslachen. »Doch doch! Genau das!«

Franz ist verwirrt, bis er versteht, dass sie über das Wortspiel in seinem Satz lacht. Ernst Polak ist ihr Mann. Zorn steigt in ihm auf: »Du hast ... du hast tatsächlich deinen Mann hierher kommen lassen?«

Milena entwindet sich ihm geschickt: »Aber ich habe dir doch gesagt, dass Ernst und ich nach St. Gilgen fahren!«

Sie ist verrückt. Ein verrückter Vogel, der seinen Käfig suchen geht. K. hat keine Zeit, nur Fragen: »Milena. Wie werden wir weiterleben?«

Milena schweigt. K. wartet. Von unten hört man das Poltern von schweren Schuhen. »Milena! Für mich ist es ja etwas Ungeheuerliches, was geschieht, meine ... meine Welt stürzt ein, meine Welt baut sich auf, sieh zu, wie du – dieses du bin ich – dabei bestehst.«

Milena macht Anstalten zu protestieren, aber K. gebietet ihr durch eine Handbewegung zu schweigen: »Um das Stürzen klage ich nicht, sie war im Stürzen, über das Sich-Aufbauen klage ich, über meine schwachen Kräfte klage ich, über das Geborenwerden klage ich, über das Licht der Sonne klage ich.«

Ein heftiger Husten schüttelt den mageren Körper durch. Erschöpft lässt K. sich in die Kissen zurückfallen. Milena wartet einen Moment, aber vom Bett kommt nichts mehr. Sorgfältig drückt sie ihre Zigarette aus.

»Weißt du noch?« fällt Milena ein, »weißt du noch, in Wien? Es war nicht die geringste Anstrengung nötig, alles war einfach und klar, ich habe dich über die Hügel hinter Wien geschleppt, ich bin vorausgelaufen, da du langsam gegangen bist, du bist hinter mir hergestampft ...« Von Erinnerungen überwältigt, schließt sie die Augen, »und wenn ich die Augen schließe, sehe ich noch dein weißes Hemd und den abgebrannten Hals und wie du dich anstrengst. Du bist den ganzen Tag gelaufen, hinauf, hinunter, du bist in der Sonne gegangen, nicht ein einziges Mal hast du gehustet, du hast schrecklich viel gegessen und wie ein Dudelsack geschlafen.« Sie lacht hell auf in Erinnerung daran: »Du warst einfach gesund, und deine Krankheit war für uns wie eine kleine Erkältung!«

Noch ein Spiel, keine Antwort. »Was willst du damit sagen, Milena?«

Sie öffnet die Augen und wendet sich dem Mann im Bett zu: »Ich habe deine Angst eher gekannt als ich dich gekannt habe. Ich habe mich gegen sie gepanzert, indem ich sie begriffen habe.«

»Das ist keine Antwort auf meine Frage.«

Milena lächelt. »Um so trauriger für uns, findest du nicht?«

II

1921, Prag

Der Dezembertag scheint vor Kälte bersten zu wollen. Die Moldau fließt träge, mit meterhohem Eis bedeckt, nur eine schmale Fahrrinne ist noch offen. Milena holt Max Brod vom Bahnhof ab. Sie haben sich für ein Treffen im Café verabredet, da Milena kein Geld hat, um ihre Wohnung zu heizen.

Milena ist sehr direkt, sie hat keine Zeit zu verlieren. Kaum auf der Straße erinnert sie Max ungeduldig an ihren Briefwechsel. »Sie sagen, wie es kommt, dass sich Frank vor der Liebe fürchtet und vor dem Leben nicht fürchtet? Aber ich denke, dass es anders ist.«

»Anders inwiefern?« fragt Max, dem diese Eröffnung zu schnell geht. Ob sie sich nicht vielleicht setzen will? In ein Café? Milena schüttelt den Kopf, hastet weiter.

»Für ihn ist das Leben etwas gänzlich anderes als für alle andern Menschen, vor allem sind für ihn das Geld, die Börse, die Devisenzentrale, eine Schreibmaschine völlig mystische Dinge, und sie sind es ja in der Tat, nur für uns andere nicht, sie sind für ihn die seltsamsten Rätsel, zu denen er durchaus nicht so steht wie wir.«

Max fühlt sich dazu aufgerufen, seinen Freund zu verteidigen, ihn Milena als ehrbaren Mann schmackhaft zu machen. Er hebt an, von Franz' Stellung in der Arbeiterversicherungsanstalt zu sprechen, davon, wie eine Gemeinschaft auch ihr Leben zum Positiven verändern könnte ...

Milena unterbricht ihn mit dem schallenden Lachen eines fröhlichen Kindes: »Ist denn etwa seine Beamtenarbeit eine gewöhnliche Ausführung eines Dienstes? Für ihn ist das Amt – auch sein eigenes – etwas so Rätselhaftes, so Bewundernswertes wie für ein kleines Kind eine Lokomotive!«

Sie kommen an einer Post vorbei, Milena zieht einen Haufen Briefe aus der Tasche. Max ist Schriftsteller, auch er führt rege Briefwechsel, aber so einen großen Haufen Briefe auf einmal hat er noch nie gesehen. Milena schiebt die Briefe dem Schalterbeamten zu. Dieser nickt. »Zwanzig Briefe Inland, dreißig Briefe Ausland. Einen Moment bitte.«

Milena wendet sich wieder an Max: »Die einfachsten Sachen der Welt versteht er nicht. Waren Sie einmal mit ihm in einem Postamt? Seine Beengtheit dem Geld gegenüber ist fast die gleiche wie der Frau gegenüber.« Plötzlich überfällt sie ein Hustenanfall. Nur mühsam hält sie sich am Absperrgeländer fest. Vom Husten werden ihre Augen schwarz wie die eines Vogels. Aber ihr Mund lächelt schon wieder: »Seine Angst vor dem Amt ebenso. Ich habe ihm einmal telegraphiert, telephoniert, geschrieben, ihn bei Gott angefleht, er möge für einen Tag zu mir kommen. Es war mir damals sehr wichtig. Ich habe ihn auf Tod und Leben verflucht. Er hat nächtelang nicht geschlafen, sich gequält, Briefe voll Selbstvernichtung geschrieben, ist aber nicht gekommen. Warum?«

Max zuckt hilflos mit den Schultern: »Sie müssen Franz verstehen, er hat viele Verpflichtungen, und dann seine Krankheit ...«

Milena lacht bitter: »Viel einfacher. Er hat nicht um Urlaub ersuchen können. Er hat doch dem Direktor, demselben Direktor, den er aus tiefster Seele bewundert – ernstlich! –, weil er so schnell Maschine schreibt, – er hat ihm doch nicht sagen können, dass er zu mir fährt. Und etwas anderes sagen – wieder ein entsetzter Brief – wie denn? Lügen? Dem Direktor eine Lüge sagen? Unmöglich. Wenn Sie ihn fragen, warum er seine erste Braut geliebt hat, antwortet er: ›Sie war so geschäftstüchtig‹, und sein Gesicht beginnt vor Ehrerbietung zu strahlen.«

»Aber Frau Jesenská, Sie müssen doch verstehen ... Mit Ihnen würde sich das doch alles ändern.«

Milena zieht ihren Schal enger. Selbst hier in der Post friert sie. »Ich habe darüber nachgedacht. Tage und Nächte. Aber ich war mit beiden Füßen unendlich fest mit dieser Erde hier zusammengewachsen, ich war nicht imstande, meinen Mann zu verlassen ...«, sie lächelt, traurig, ohne Bitterkeit, »und vielleicht war ich zu sehr Weib, um die Kraft zu haben, mich diesem Leben zu unterwerfen, von dem ich wusste, dass es strengste Askese bedeuten würde.« Milena sieht Max tief in die Augen, will jetzt ganz sicher sein, dass er sie versteht. »In mir aber ist eine unbezwingbare Sehnsucht, ja eine rasende Sehnsucht nach einem ganz anderen Leben, als ich es führe und als ich es wohl je führen werde .... nach einem Leben mit einem Kinde, nach einem Leben, das der Erde sehr nah wäre.«

Nun ist es raus, der Rest kommt ihr flüssig über die Lippen: »Und das hat also wohl in mir über alles andere gesiegt, über die Liebe, über die Liebe zum Flug, über die Bewunderung und nochmals die Liebe. Mag man übrigens darüber was immer sagen, so kommt doch nur eine Lüge heraus.«

Max ist enttäuscht, und das lässt er Milena spüren: »Ich verstehe, Sie wollen ein eigenes Leben führen, nicht das Leben an Kafkas Seite. Nicht das Leben, sagen wir, von Dora Diamant.«

Milena schüttelt wild den Kopf. Dass er diesen Namen überhaupt erwähnt! Sie muss sich zusammennehmen, um nicht zu schreien. »Sie sind doch so eng mit ihm befreundet und haben es immer noch nicht begriffen? Frank kann nicht leben. Frank hat nicht die Fähigkeit zu leben. Frank wird nie gesund werden. Frank wird bald sterben. ... Er ist wie ein Nackter unter Angekleideten.«

Max steht der Mund offen. Wie peinlich diese Situation ist. Milena atmet durch. Sie bemüht sich, ruhig zu sprechen: »Ich weiß, wer Frank ist; ich weiß, was geschehen ist, und ich weiß nicht, was geschehen ist, ich bin an den Grenzen des Wahnsinns; ich habe mich bemüht, richtig zu handeln, zu leben, zu fühlen, dem Gewissen gemäß, aber irgendwo ist Schuld. Darüber will ich hören.«

Mit einem verzweifelten Ausdruck in den Augen sieht sie Max Brod an. Wird er sie begreifen? Sie spricht langsam und deutlich, wie mit einem Kind: »Freilich weiß ich nicht, ob Sie mich verstehen können. Ich will wissen, ob es so mit mir steht, dass auch unter mir Frank leidet und gelitten hat wie unter jeder andern Frau, sodass seine Krankheit ärger wurde, sodass er auch vor mir in seine Angst fliehen musste und sodass auch ich jetzt verschwinden muss.« Max ist überfordert, weiß keine Antwort. Milena versucht es noch einmal: « Ob ich schuld daran bin oder ob es eine Konsequenz seines eigenen Wesens ist.«

Der Postbeamte beugt sich interessiert vor: »Sprechen Sie etwa von diesem Kafka? Von Franz Kafka? Ich habe etwas von ihm gelesen.« Er lehnt sich wieder zurück. »Über einen Affen.« Der Beamte verzieht das Gesicht zu einer gebildeten Grimasse: »Es war reichlich tendenziös und ein wenig geschmacklos und, nun ja, aufdringlich ...«

Milena läuft rot an vor Zorn. Sie lehnt sich über den Schalter und faucht.: »Was unterstehen Sie sich!« Ihre Stimme wird zu einem lauten Kreischen: »Franz Kafka schreibt die bedeutendsten Bücher der jungen deutschen Literatur; das Ringen der heutigen Generation der ganzen Welt ist in ihnen, wenn auch ohne tendenziöse Worte.«

Warum muss sie nur so ein Dickkopf sein. Max Brod will einspringen, doch Milena hat sich schon wieder gefangen. Willenlos lässt sie sich von Max durch die Haupthalle der Post nach draußen führen. Draußen hat es angefangen zu schneien. Sie gehen langsam zur Moldau. Milena sperrt den Mund auf, als wolle sie den Schnee trinken. So bleibt sie stehen, bis ihr ganzer schmaler Körper mit weißen Flocken übersät ist. Dann endlich dreht sie sich um. Milenas Augen flackern. Max sieht die breiten Wangenknochen. Aber er sieht auch den Hunger, die Kälte, die Krankheit, die Entbehrung. Das Opfer. Eine Welle sinnloser Zärtlichkeit überfällt ihn.

»Lassen Sie es für heute gut sein«, sagt Milena. »Ich will nach Hause gehen und Sie sollen auch nach Hause gehen.«

Max öffnet den Mund, aber es gibt nichts mehr zu sagen. Er war gekommen, um Hilfe zu bringen, vielleicht sogar Liebesglück. Schweigend reicht er Milena einen Briefumschlag, den ihm Franz gegeben hat. Es ist Geld darin, das weiß Max. Geld für die Behandlung von Milenas Tuberkulose. Das ist das Ende, denkt Max. Milena hält den Brief in ihren Fingern, als sei es der erste und letzte Brief, den sie jemals erhalten hat. Sie befühlt ihn, ohne ihn zu öffnen. Sie spricht wie in Trance, als würde ihr durch den Briefumschlag eine geheime Botschaft übermittelt werden: »Franz Kafka war scheu, ängstlich, sanft und gut, doch die Bücher, die er schrieb, sind grausam und schmerzhaft. Er sah die Welt voll unsichtbarer Dämonen, die den schutzlosen Menschen zerreißen und vernichten.«

Ihr Schal ist von ihrem Haar gerutscht, sie merkt es nicht. Mit weit geöffneten Augen sieht sie hinunter auf den Fluss, das schmale Rinnsaal zwischen den Felsen aus grauem Eis: »Franz war zu hellsichtig, zu weise, um leben zu können, zu schwach, um zu kämpfen, schwach wie es edle, schöne Menschen sind, die sich nicht darauf verstehen, den Kampf mit ihrer Angst vor Unverständnis, Ungüte, intellektueller Lüge aufzunehmen, da sie im voraus um ihre Hilflosigkeit wissen und im Unterliegen den Sieger beschämen.«

Wie du selbst, denkt Max. Er blickt nun ebenfalls hinunter aufs Eis und sieht, was Milenas Aufmerksamkeit gefangen hält: Ein großer schwarzer Vogel ist zwischen die Eisschollen der Moldau geraten Ein paar Jungen stehen am Ufer und bewerfen ihn mit Schneebällen. Verzweifelt versucht der Vogel, sich zu retten.

Milena sieht den Schmerz in seinen Augen und legt Max begütigend die Hand auf den Arm: »Franz kannte die Menschen, wie sie nur ein Mensch von großer nervöser Sensibilität kennen kann, einer, der einsam ist und fast prophetisch den andern an einem einzigen Aufblitzen der Augen erkennt. Er kannte die Welt auf eine ungewöhnliche und tiefe Art, selbst war er eine ungewöhnliche und tiefe Welt.«

Ohne es zu bemerken, hat Milena von Kafka wie von einem Toten gesprochen.

Anhang:

Kafka und Milena begegnen sich noch von Zeit zu Zeit, doch der Kontakt wird nie mehr enger werden. 1924 stirbt Franz Kafka in den Armen von Dora Diamant an Kehlkopftuberkulose.

Nach Kafkas Tod erfüllt Milena seinen Wunsch, die ihr überlassenen Tagebücher und Manuskripte an Max Brod weiterzureichen. Kafkas Briefe bewahrt sie bis 1939 selbst auf.

Milena lässt sich erst nach sieben Jahren Ehe von Ernst Polak scheiden – ein Ereignis, an dem sie beinahe zerbricht – und kehrt 1925 nach Prag zurück. Bald gehört sie dort zur Literaturszene und leitet die Frauenseite der ›Národní listy‹. In Prag gewinnt sie ihr altes Selbstbewusstsein zurück. 1926 heiratet sie den Architekten Jaromir Krejcar. Als sie zwei Jahre darauf ein Kind erwartet, erkrankt sie an einer Gelenkentzündung. Ihre Tochter Honza kommt gesund zur Welt, doch Milenas Knie bleibt gelähmt. Nur mit Morphium hält sie die Schmerzen aus. Aber sie schreibt weiter, bringt ihre Arbeiten zum Druck, aus reiner Notwehr und dem unbedingten Willen zu leben: »*Es ist mir manchmal, als müßte ich mein Gehirn in den Handflächen zusammenpressen, damit es nicht zerspringt.*«

Die Ehe zerbricht an dieser schwierigen Situation. Bis 1936 ist Milena eng mit der kommunistischen Partei verbunden, für die sie auch publizistisch tätig wird. Danach wird sie Redakteurin und publiziert zahlreiche politische Reportagen. Nach der Besetzung der Tschechoslowakei durch das Nazi-Regime betätigt sich Milena als Fluchthelferin. Im November 1939 wird sie von der Gestapo festgenommen und 1940 in das Konzentrationslager Ravensbrück deportiert. Hier lernt sie die Schriftstellerin Margarete Buber-Neumann kennen. Unter unmenschlichen Bedingungen entsteht eine tiefe Freundschaft zwischen den beiden Frauen. Später wird Margarete Buber-Neumann in ihrem Buch ›Milena – Kafkas Freundin‹ ihr ein literarisches Denkmal setzen.

Milena Jesenská stirbt am 17. Mai 1944 in Ravensbrück an den Folgen einer »Nierenoperation«. Sie wurde siebenundvierzig Jahre alt. Bis zuletzt trug sie die Worte Kafkas mit sich, die ihr und seinem Glück mit ihr galten: »*Wenn man durch Glück umkommen kann, dann muß es mir geschehen. Und kann ein zum*

Sterben Bestimmter durch Glück am Leben bleiben, dann werde ich am Leben bleiben.«

Wörtliche Zitate (im Text kursiv); entnommen aus:

Franz Kafka: Das Schloß. Frankfurt a. M. 1986.

Margarete Buber-Neumann: Milena – Kafkas Freundin. München 1982.

Franz Kafka – 03.07.1883 Prag - 03.06.1924 bei Wien; Sohn eines jüdischen Kaufmanns, aus später wohlhabender Familie. Dominante Vaterfigur. 1901-06 Studium Germanistik und Jura an der Deutschen Universität Prag, 1906 Promotion, 1906/1907 Gerichtspraxis, 1908-22 Angestellter einer Arbeiter-Unfall-Versicherung, Knapp 40-jährig aus Krankheitsgründen pensioniert. 1910-12 Reisen nach Italien, Frankreich, Deutschland, Ungarn und Schweiz. Seit 1910 Tagebuch: Traumanalyse, Auseinadersetzung mit der Vaterfigur und jüdischer Tradition; 1912 Begegnung mit Felice Bauer; Briefwechsel. Seit 1917 Tuberkulose; 1920-22 Liebe zu Milena Jesenská, seit 1923 Zusammenleben mit Dora Diamant. Freier Schriftsteller in Berlin, Wien; stirbt an Kehlkopftuberkulose. Er verfügt im Testament die Verbrennung seines literarischen Werkes; Max Brod veröffentlicht dennoch – Einer der bedeutendsten deutschsprachigen Erzähler des 20. Jh.s von weltweiter Wirkung. Dem Expressionismus nahe Prosa, in der F. K. religiöse Verzweiflung und menschliche Beziehungslosigkeit sowie den aussichtslosen Kampf des Individuums gegen verborgene, doch allgegenwärtige anonyme Mächte thematisiert. Mit realistischer Beschreibung banaler Wirklichkeiten in der Kombination mit der Atmosphäre des Traumhaften und Geheimnisvollen erschafft Kafka eine neuartige poetische Gleichnis- und Bilderwelt voll von magischer Wirkung.

WERKE (Auswahl): Betrachtung, Erzählungen. 1913; Der Heizer, Erzählung, Fragment 1913; Die Verwandlung, Erzählung 1916; Das Urteil, Erzählung 1916; In der Strafkolonie, Erzählung 1919; Ein Landarzt, Erzählungen 1919; Ein Hungerkünstler, Erzählungen 1924; Der Prozeß, Roman 1925; Das Schloß, Roman 1926; Amerika, Roman (Fragment) 1927; Beim Bau der Chinesischen Mauer,

Erzählungen 1931; Hochzeitsvorbereitungen auf dem Lande und andere Prosa aus dem Nachlaß 1953. Tagebücher 1910-23, 1951; Briefe an Milena, hg. W. Haas 1952; Briefe 1902-24, hg. M. Brod 1958; Brief an den Vater.

MERZ-Ausflug
Paul Bowles begegnet Kurt Schwitters, Hannover 1931
Von Greg Niamey

Kennen Sie Arp? Seltsam genug, dachte Paul, als er im Zug nach Hannover saß, einen Brief mit solchen Worten zu beenden. Ausschlaggebend war jedoch der Kern der Botschaft, die von Kurt Schwitters ausgesprochene Einladung zu ihm nach Hannover. Noch jetzt fühlte er den Triumph, den diese Nachricht in ihm auslöste, als er sie im Bad Pyrmonter Postamt entgegengenommen hatte. Eine hübsche Frau, die an ihm vorüberging und ihn versehentlich streifte, entschuldigte sich, lenkte ihn von seinen Gedanken ab. Ob sie auch bei dem Musikfest zu Gast gewesen ist, fragte er sich. Er lächelte in sich hinein und freute sich diebisch, seinen überaus verehrten und großen Lehrer, den Komponisten und Zwölftonspezialisten Aaron Copland dermaßen überrascht zu haben mit seiner *spontanen* Idee, nach Hannover zu fahren, wo es doch von hier aus, von Bad Pyrmont, so nahe sei. Das könne man sich gar nicht entgehen lassen. Copland konnte. Er fuhr nach Berlin zurück und gab seinem Schüler Paul deutlich zu verstehen, dass die Arbeitsmoral des Zwanzigjährigen doch sehr zu wünschen übrig ließe.

Paul empfand das anders, er war nicht nach Europa gekommen, nur um zu arbeiten. Den Gedanken, seit Monaten kein Gedicht mehr geschrieben, kein Bild gemalt und kein Stück komponiert zu haben, streifte er nur flüchtig. Es gab Schlimmeres. Schließlich wollte er etwas erleben, wollte Leute, Menschen kennen lernen, was er gerade in den letzten Wochen dieses Jahres 1931 in einem kaum noch zu übertreffenden Maße ausgekostet hatte. Besonders beeindruckt war er von dem indischen Brahmanen Jiddu Krishnamurti, den er in den Niederlanden besucht hatte.

Den brahmanischen Leitsatz »Tat twam asi« hatte ihm seine Tante Mary nahe gebracht. Das wörtliche »Das bist du« beinhalte die Einheit der Einzelseele mit dem Universum, hatte sie erklärt. Ein Bild des indischen Philosophen zierte ihren Schreibtisch, er hatte es oft genug betrachtet. Als Paul dann diesem Menschen persönlich gegenüberstand, war er *von seinem immer noch jungenhaften Aussehen überrascht*. Paul versuchte sich von dem romantischen, nahezu kitschigen Bild des Brahmanen zu lösen, der morgens aus dem Schloss kommend – weit offenes Hemd, weiße Flanellhose, scharlachroter Blazer –, auf der Zugbrücke stehend, einen Schwan fütterte ... Das waren schöne Tage im holländischen Ommen. Kein Wunder, wenn die Zeit im Anschluss daran in Berlin trotz der vielen Freunde, wie zum Beispiel Christopher Isherwood und der anderen, mit denen er das Berliner Kaffeehausleben genoss, dahinter zurückblieben. Glücklicherweise erfolgte kurz darauf die Einladung, am Musikfestival in Bad Pyrmont teilzunehmen. Nachdem er erfahren hatte, wie nah diese Ortschaft an Hannover gelegen ist, hatte er sogleich einen Entschluss gefasst.

Als Paul Bowles einige Stunden später vor einem Mietshaus stand – es musste die richtige Adresse sein –, wunderte er sich. Er hatte erwartet, die Schwitters würden ein eigenes Haus bewohnen.

Bald darauf saß er der gesamten Familie Schwitters gegenüber, auch der Sohn war anwesend. Er fühlte sich sehr wohl und fast herzlich aufgenommen. Trotz der Enge und des düsteren Mobiliars war er weit davon entfernt, Beklommenheit zu empfinden. Letztlich war er nicht hier, um sich die von Neugierde angereicherte Stimmung durch eine muffige Ausstattung verderben zu lassen. Es dauerte auch nicht lange, da wurde er herumgeführt.

Die Mietwohnung erstreckte sich über zwei Etagen. In der einen lebte die Familie, und in der anderen erschuf der Gastgeber sein Gesamtkunstwerk, den mit Objekten, mit Collagen, mit Bildern vollgestellten MERZbau. Ein opulentes Konstrukt sich widersprechender Ideen, wie Paul fand. Er wusste es noch nicht, aber schon bald sollte er Gelegenheit finden, zur Verfeinerung des Kunstwerks beizutragen. Zunächst wurde klargestellt, es komme gar nicht in Frage, dass er noch am selbigen Tag in die Hauptstadt zurückfahren sollte.

Unvermittelter als es Paul lieb war, brachte der Gastgeber die Rede auf seine Arbeit. Der sprach zunächst vom MERZbau und klärte ihn über den Begriff MERZ auf, eine Silbe, die er dem Begriff KOMMERZ UND PRIVATBANK entlehnt hatte, ausgeschnitten aus einer Zeitungsanzeige und unter ein Bild geklebt. Dann verglich er den Literaten, nicht den Maler Schwitters – er sprach in der dritten Person von sich –, mit einem *Veilchen, welches mit Absicht im Verborgenen blüht,* weil es dort schöner dufte. Paul kannte diesen Schwitters noch nicht gut genug, um sicher sein zu können, inwieweit es sich bei diesen Äußerungen um eine harmlos selbstironisierende Extravaganz handelte oder doch schon um eine handfeste Macke, die den Grad einer Psychose weit hinter sich gelassen hatte.

Bald war es Abend, und Paul wurde im Wintergarten eine Couch zum Schlafen bereitet. Als er endlich allein war, sich auf seiner Couch ausgestreckt hatte, befiel ihn ein sehr eigenes, bisher unbekanntes Gefühl. Er war sich keineswegs sicher, ob er in einem Horrorkabinett steckte, einem Museum oder in einer Art überdimensionalem Terrarium. Vielleicht waren es solche Gedankenregungen beim Einschlafen, die ihn während der Nacht höchst eigenartige Kratzgeräusche aus dem Schrank neben der Couch hören ließen. Am nächsten Morgen wusste er nicht, ob er die Geräusche nur geträumt oder tatsächlich wahrgenommen hatte. Er nahm sich vor, die Schwitters daraufhin anzusprechen.

Die Lösung war weniger mysteriös als befürchtet: Der Junge bewahrte seine Meerschweinchen in den Schubläden des besagten Schrankes auf. Noch vor dem Mittagessen fütterte der Zwölfjährige seine Tiere. Nach dem Essen begab sich der Junge auf die Jagd nach einem Salamander – oder war's eine Eidechse? Währenddessen erzählte Paul, angeregt von Schwitters' Frau Helma, von Berlin. Er möge es nicht besonders, obwohl er eine schöne, vor Lebendigkeit strotzende Zeit dort verbringe.

»Wo wohnen Sie eigentlich in Berlin?« fragte Frau Schwitters.

»In der Güntzelstraße«, antwortete Paul.

»Das ist doch nicht weit vom Ku'damm oder?« sagte Helma Schwitters.

»Ja«, bestätigte Paul immer noch freundlich, »es ist ganz in der Nähe von Kurfürstendamm und Kaiserallee.«

»Aber dann müssten Sie sich doch ziemlich wohlfühlen ...«, sagte Helma Schwitters.

»Schon, die Gegend ist toll, aber mein Lehrer, Aaron Copland, wohnt im Norden Berlins, und so muss ich jeden Tag ziemlich weit zum Unterricht fahren ...«

»Sie lernen Komposition?« fragte Schwitters Frau nach.

»Ja ...«, antwortete Paul.

»Aber Sie werden die Zeit in Berlin doch auch genießen oder?!« Sie lächelte.

»Natürlich«, sagte Paul, auch er lächelte, »das Frühstücken, das Herumsitzen in den Cafés, die Cabarets ... das alles genieße ich sehr! Aber es gibt noch eine andere Seite ...«

Frau Schwitters schwieg, blickte Paul aber erwartungsvoll an. Auch Kurt Schwitters schwieg. Es war nicht auszumachen, inwieweit er dem Gespräch folgte. Paul fuhr fort:

»Nun ja, wenn man die Ku'dammgegend hinter sich lässt und ein wenig in Richtung Osten fährt ... und dort ... Unter den Linden promeniert und dann zum Alexanderplatz geht ... da scheint einem das ganze Elend Deutschlands entgegenzuschlagen!«

»... sie meinen die einfacheren Menschen ...«

»Nein, es hat nichts damit zu tun, ob sie einfach sind oder nicht. Nein, ich rede von ihrer Not ... diese Anhäufung ... der ganze Bodensatz versammelt, die Elenden, die kein Einkommen und keine Bleibe haben und auf die Suppenküche angewiesen sind!«

»Dann werden Sie, wenn Sie nach Amerika zurückkehren, einen ganz negativen Eindruck mitnehmen! Sie sollten uns nicht in schlechter Erinnerung behalten!« Das Gespräch plätscherte noch ein wenig dahin, bis Kurt Schwitters plötzlich, nach einer Tasse Kaffee von einer nervösen Aktivität erfasst, Paul zu drängen anfing. Er solle sich fertig machen, man müsse hinaus, auf die Suche nach Material. Was meint er bloß, dachte Paul, fragte nach. Schwitters antwortete knapp:

» ... Sie werden schon sehen ...« Sie verabschiedeten sich von Schwitters Frau und gingen hinaus. Schwitters Sohn begleitete die Männer.

Weil Kurt Schwitters immer wieder stehen blieb und irgendwelche Scherben oder ähnliches aufsammelte, was Paul seltsam anmutete, dauerte es eine Weile, bis sie ihr Ziel erreicht hatten. Inzwischen hatte sein Gastgeber Paul den Sinn der Aktion erläutert, und Paul bemühte sich, indem er Schwitters beobachtete, den Wert der Objekte, die ihm aus stinkenden Haufen entgegenblinkten, zu ermessen. Es fiel ihm schwer, kein Gegenstand schien dem MERZkünstler zu gering, ihn zunächst aufzunehmen, zu begutachten und entweder in die Vergessenheit der Müllberge zurückzuwerfen oder aber in einen Korb, den er um den Arm gehängt hatte, sorgsam abzulegen, als handelte es sich um ein archäologisches Fundstück, das die kulturellen Errungenschaften früherer Bewohner der Hannoverischen Umgegend zu dokumentieren imstande war. Eine Regel, ein Maß konnte Paul in Schwitters Auswahlverfahren, das mit einiger Hingabe verrichtet wurde, nicht entdecken. Da auch die Vorgehensweise des Sohnes nicht überzeugen konnte, der scheinbar wahllos alles, was herumlag in seinen Korb legte, überließ Paul sich schließlich seiner eigenen Intuition, stocherte mit einem Stöckchen herum und nahm das eine oder andere Ding auf. Plötzlich wurde seine erhöhte Aufmerksamkeit, die er auf dieses Sammeln richtete, von einem hellen Laut, einem Splittern abgelenkt. Er sah hinüber zu Schwitters. Der hob gerade eine größere Glasscherbe auf und schmetterte sie gegen einen Stein. Offensichtlich hatte er zuvor ein noch größeres Stück gegen denselben Stein geworfen. Nun sammelte er die kleinen Scherben auf und legte sie in den Korb. Als sie schließlich den Müllplatz wieder verließen, hatte sich in drei Körben ein kleiner, sich selbst kaschierender Schatz angesammelt. Der unaufhaltsamen Verrottung entrissen wurden: ein halber Zinnlöffel, Teile eines Moskitonetzes und einer Thermoskanne, verschieden große Glas- und Porzellanscherben und andere ähnlich bedeutsame Dinge. Nachdem die Ablenkung durch den Jäger- und Sammlertrieb sich gelegt hatte, wünschte sich Paul, möglichst schnell in das Haus seiner Gastgeber zurückzukommen, um sich einer Grundreinigung zu unterziehen. Leider würde er die Kleidung nicht wechseln können, da er auf einen kurzen, nur Stunden währenden Besuch eingestellt war. Nun war er aber überredet worden, über Nacht zu bleiben. Die Einladung hatte ihm geschmeichelt und auch einfach nur gefreut. Ein ähnlich bizarres Umfeld würde er sein Lebtag wohl nicht mehr erleben und ebenso wenig würde ihm noch einmal im Leben auch nur ein annähernd so skurriler – ganz plötzlich musste er an James Joyce denken – ›Künstler als Junger Mann‹ wie Kurt Schwitters über den Weg laufen. Wie alt mochte er sein? Die Vierzig muss er längst überschritten haben, dachte Paul.

Am Abend stellte die Gastgeberin eine Schüssel Erdbeeren auf den Tisch. Kurze Zeit später war Paul unterwegs, um in einem nahe gelegenen Laden eine Flasche Gin zu besorgen. Er wusste nicht mehr genau, wer auf die Idee gekommen war, eine Maibowle zu bereiten. Nachdem er von den Schwitters erfahren hatte, sie würden keinen Gin kennen, war er geradezu versessen darauf, eine Flasche zu besorgen. Hinterher süffelten sie alle mit Hingabe, selbst der Junge war mit von der Partie, von dem, wie Paul fand, etwas seltsamen Gesöff. Erst nachdem die Erdbeeren den Alkohol vollständig absorbiert hatten, schmeckte die Bowle einigermaßen. Die Stimmung war angeheitert locker, bestens dazu angetan, etwas von Kurt Schwitters zu hören. Von Pauls Abreise wurde gar nicht mehr gesprochen. Er würde eine weitere Nacht bleiben.

Als es dann losging, der große und einzige MERZkünstler anhob, seine Ursonate vorzutragen, war Paul überrascht, wie gut ihm das jeden Sinns enthobene Vokalgedicht gefiel. Dabei hätte er vorbereitet sein können, er kannte das Gedicht »An Anna Blume«. Es waren allerdings zwei völlig unterschiedliche Dinge, die Lektüre eines so gearteten Gedichts und die Darbietung durch den Autor persönlich. Und es war kein gewöhnlicher Vortrag, es war weit, weit mehr! Die Einzigartigkeit der Vorführung lenkte Paul zunächst vom Eigentlichen, vom Inhalt ab. Der Komponist in ihm führte ihn dann an diesen heran, an die Laute, die gutturalen, weit hinten im Gaumen geformten, dann wieder nach vorne, in Lippenrichtung geschobenen. Und dieses eine Mal waren sie nicht Medium, Überträger von Information, von Botschaft. Sie selbst bildeten das Ureigentliche, den Inhalt. Oder waren sie vielleicht doch Ausdruck eines Zustandes, eines Seins? Während die Laute schon verklangen, drängte sich dem Berliner Zuhörer ein Bild, ein Begriff auf, der dem Ganzen Sinn zu geben schien, obschon er sich gleichzeitig dafür tadelte, es in das Korsett eines rationalen Zugriffs zu zwängen: Seelenmusik ... oder eigentlich, nicht Seelen*musik*, sondern es glich mehr einem *Grunzen*, einem Grunzen der Seele. Das war es, ein Suhlen in einem absoluten Wonnegefühl: Seelengrunzen! Um so ergreifender, mit welchem Ernst, mit welcher Inbrunst Schwitters seinen Text deklamierte. In keiner Sekunde geriet Paul in Versuchung, ein Lachen unterdrücken zu müssen. Er spürte, es würde wohl wenige Momente in seinem Leben geben, die mit diesem zu vergleichen seien, dieser Faszination, die davon ausging, einen geistbegabten Menschen

Laute von sich geben zu hören, die sowohl nationaler Färbung als auch jeglicher Sprachstruktur enthoben waren. Eine Entführung in eine Art vorsprachliche, jeden Gedankens bare, universale Welt. Diese Silben würde er nie vergessen:

Lanke tr gll.
Pe pe pe pe pe
Ooka. Ooka. Ooka. Ooka.
Lanke tr gll.
Pii pii pii pii pii
Tzüüka. Tzüüka. Tzüüka. Tzüüka.

Noch benommen vom Vortrag, notierte sich Paul die Worte, deren Betonung sowie den Rhythmus, vielleicht ließe sich das später als Thema für ein Musikstück verwenden. Bereits während der Verfertigung seiner Notizen wurde Paul gedrängt, nun auch etwas von *seiner* Kunst zum Besten zu geben. Er spielte einige kleine Stücke auf dem Klavier, und anschließend fragte Schwitters seinen Sohn:

»*Wie findest du es?*« worauf der antwortete:

»*Schrecklich!*«

Am nächsten Tag war es dann soweit. Es wurde höchste Zeit, sich zu verabschieden, aus dem geplanten Kurzbesuch waren zwei volle Tage geworden. Er dachte daran, dass er in wenigen Stunden wieder in Berlin sein würde. Dort wehte ein rauerer Wind. Es schien, als sei die Sturmbö, die aus seiner, Pauls Heimat im vorletzten Jahr, am Schwarzen Freitag, herübergeweht war, immer noch nicht abgeflaut. Pauls Sicht auf die stetig pulsierende, die berauschende deutsche Hauptstadt wurde verdüstert durch die Armut, das Elend, das er dort gesehen hatte. Letzte Worte wurden gewechselt. Helma Schwitters fragte Paul, ob er noch lange in Deutschland bleiben werde, auch ihr Mann Kurt schien sich – entgegen seiner sonstigen allzeit spürbaren Abwesenheit ging es nicht um Dadaismus und Ähnliches – sehr für die Antwort zu interessieren. Paul entgegnete:

»Vermutlich nicht. Ich möchte nach Paris zurückkehren, um dort die neu gewonnenen Freunde zu besuchen ...«, Paul stockte und sah jetzt ausschließlich auf seinen Gastgeber, als er fortfuhr »unter anderen auch Gertrude Stein, ach übrigens ... kennen Sie sie?« Kurt Schwitters musste gar nicht antworten, seinem Gesicht war es anzusehen, dass er den Namen im Zusammenhang mit Paris noch nie gehört hatte. Aber vielleicht dachte er ja an die Besitzerin eines hiesigen Kleinkrämerladens.

Tatsächlich verwertete Paul Bowles Schwitters' Vortrag in Hannover, indem er Teile der Ursonate später unverändert für das Thema eines Rondos in einer Sonate für Oboe und Klarinette verwendete. Der von ihm besuchte MERZbau wurde 1943, während des Krieges zerstört.

Wörtliche Zitate (im Text kursiv); entnommen aus:

Paul Bowles: Rastlos. Erinnerungen eines Nomaden. München 1990.

Das ›Veilchen-Zitat‹ entstammt einer von Schwitters' parodistischen Kurzbiographien, zitiert nach ›Digitale Bibliothek, Band 9: Killy Literaturlexikon, (c) Bertelsmann Lexikonverlag‹.

Weitere Literatur:

Robert Briatte: Paul Bowles. Ein Leben. Reinbek 1991.

Jeffrey Miller (Hg.): In Touch. The Letters of Paul Bowles. New York 1994.

Kurt Schwitters (Pseudonym: Kurt Merz Schwitters) – 20.06.1887 Hannover - 08.01.1948 Ambleside/Westmoreland. 1909-14 Studium an der Kunstakademie Dresden. Seit 1915 in Hannover. 1920 Begegnung mit Hans Arp. Gründer und Hrsg. der dadaistischen Zeitschrift ›Merz‹; Mitarbeiter des ›Sturm‹. 1937 Emigration nach Norwegen, 1940 Flucht vor der Gestapo nach England, dort Porträtmaler. – Maler, besonders von Collagen, die er als Merz-

Bilder bezeichnete, und Dichter in Verbindung zum Dadaismus mit grotesk-phantastischen, humorvollen Gedichten und Prosatexten; daneben dramatische Szenen, satirische Essays und Manifeste. Vielseitiger Experimentator, der keinerlei Materialtabuisierung akzeptiert. Mit seiner Technik der – oft bewusst provokativen – Sichtbarmachung des Banalen und Antizipationen unsemantischer Poesie bedeutender Innovator neuerer Kunstentwicklung.

Schwitters Affinität zu Dada führt zu keiner Bindung mit den politisch engagierten Berliner Dadaisten, die das Fehlen eines entsprechenden Engagements bei ihm bemängeln. Schwitters dagegen will seine künstlerische Arbeit nicht funktionalisiert sehen.

WERKE (Auswahl): Anna Blume, Gedichte 1919; Memoiren Anna Blumes in Bleie, Dichtung. 1922; Die Blume Anna, Gedichte 1923; Auguste Bolte, Prosa 1923 (n. 1966); Die Märchen vom Paradies, 1924; Familie Hahnepeter, Kinderbuch 1924; Die Scheuche, M. 1925; Veilchen, Gedichte 1931; Ursonate, 1932. – Anna Blume und ich, Auswahl, hg. E. Schwitters 1965; Emils blaue Augen, Grotesken, hg. E. Schwitters u. F. Lach 1971.

Paul Bowles – us-amerikanischer Erzähler u. Komponist, 30.12.1910 Long Island - 18.11.1999 Tanger; Studium der Musik in Berlin und Paris; Musikkritiker, Bühnen- und Filmmusik; lebt seit den 40er Jahren in Tanger, Marokko, was ihm den Spitznamen ›Prinz von Tanger‹ einbringt. In der nordmarokkanischen Stadt wird er – gemeinsam mit seiner Frau, der Schriftstellerin Jane Bowles, geb. Auer – von vielen Schriftstellern besucht, darunter sämtliche Vertreter der sog. Beat-Generation, wie W. Burroughs, Jack Kerouac und Allen Ginsberg – Verfasser von Romanen über Einsamkeit, existentielle Fragen und Traditionsverlust moderner Westeuropäer in der arabischen Welt.

P. Bowles unternimmt seit Anfang der 30er Jahre viele Reisen nach Europa, Mittel- und Südamerika sowie nach Asien; er lernt zahlreiche bedeutende Persönlichkeiten des literarischen und kulturellen Lebens kennen.

In seiner Tätigkeit als Übersetzer nordafrikanischer Literatur und Aufzeichner nordafrikanischer Oralliteratur (und traditioneller Musik) fördert er mehrere

Schriftsteller dieses Kulturraums, die bekanntesten darunter sind die Marokka-
ner Mohammed Larbi, Mohammed Mrabet sowie Mohamed Choukri.

Sein bekanntester Roman ›Himmel über der Wüste‹ wird von B. Bertolucci
gleichnamig verfilmt.

Eine breite Rezeption seiner Werke in Deutschland setzt erst in den 80er Jahren in der Bundesrepublik ein.

WERKE (Auswahl): The Sheltering Sky, Roman 1949 (Himmel über der
Wüste, dt. 1952); Let It Come Down, Roman 1952 (So mag er fallen, dt. 1953);
Spider's House, Roman 1955 (dt. 1959); The Hours After Noon, Roman 1959; A
Hundred Camels in the Courtyard, Kurzgeschichten. 1962; Up Above the
World, Roman 1966; Pages from Cold Point, Kurzgeschichten. 1968; Thicket of
Spring, Gedichte 1926-69, 1972; Midnight Mass, Kurzgeschichten. 1981; Next
to Nothing, Gedichte 1926-77, 1981; Point in Time, 1983.

Vom Romanischen Café ins Exil
Mascha Kaléko begegnet Walter Mehring, Berlin 1933
Von Vera Hohleiter

Sie sitzt an ihrem Lieblingstisch im Romanischen Café. Neben ihr stehen leere Kaffeetassen und ein voller Aschenbecher. Sie kritzelt etwas auf ein Blatt Papier, streicht es wieder durch, fängt von vorne an. Heute geht die Arbeit nicht voran. Sie lehnt sich zurück und sieht sich im Café um. Es ist ziemlich leer. Wie so oft in letzter Zeit. Von der alten Kaffeehaus-Clique lässt sich kaum noch jemand blicken. Klabund ist tot. Tucholsky, Else Lasker-Schüler und Herwarth Walden sind wie so viele andere ins Exil gegangen – nach Schweden, in die Schweiz, nach Russland oder wer weiß wohin. Fast alle sind weg: die Prominenten und die weniger Prominenten, die Berühmtheiten und die Möchtegerns.

Sie ist selbst eine kleine Berühmtheit, zumindest in Berlin, seitdem ihre Gedichte im Feuilleton der ›Vossischen Zeitung‹ erscheinen. Jede Woche – mit dem Etikett ›Zeitungsgedicht‹ versehen. Gebrauchslyrik. Poesie vom Alltag für den Alltag. Und jetzt will auch noch der Rowohlt Verlag ein Buch von ihr herausbringen. Franz Hessel hat sie persönlich angesprochen. Schon wird sie mit Tucholsky und Kästner verglichen. Der neue Stern am Literaturhimmel: Mascha Kaléko.

Wer nur ihre Gedichte kennt, stellt sich etwas anderes unter dieser Mascha Kaléko vor – jemanden, der älter ist und erfahrener, irgendwie verwegener, aussieht. Mascha ist fünfundzwanzig Jahre alt und sieht mit ihrem runden Kindergesicht und dem wirren Lockenkopf immer noch aus wie ein Schulmädchen, ein kleines, schmales Schulmädchen. Aber das Aussehen täuscht. Sie lässt sich von niemandem unterbuttern. Sie kann jeden in Grund und Boden reden, wenn sie richtig in Fahrt kommt. Manchmal, wenn sie mit den anderen am Tisch sitzt, mit den Prominenten und den weniger Prominenten, diskutieren sie über Gott und die

Welt. Und manchmal wird sie dann heftig. Klabund versuchte einmal, ihren Redeschwall zu stoppen. Aber der große Tucholsky persönlich grinste und sagte: »Ach, lassense die Kleene doch.« Das war eine Art Ritterschlag in der Cafégesellschaft.

Heute hat sie keine Lust, mit irgendwem zu diskutieren. Sie muss ein Gedicht schreiben. Möglichst schnell. Der Redaktionsschluss naht und sie hat nichts Unveröffentlichtes mehr in der Schublade, das sie noch hervorkramen könnte.

Ich sitz in meinem Stammcafé / Es ist schon spät. Ich gähne ... / Ich habe Sehnsucht nach René / Und außerdem Migräne, schreibt sie.

Sie liest es noch einmal durch. Gar nicht schlecht. Sie streift sich eine dunkelbraune Locke aus der Stirn und überlegt, wie es weitergehen soll.

Der alte Kellner kommt an ihren Tisch. Sie mag ihn. Sie mag sein altes, faltiges Gesicht und seine rauen, mit Altersflecken gesprenkelten Hände. Sie wartet jedes Mal, wenn sie ins Café kommt auf seine fröhliche Begrüßung und auf den Kaffee, den er ihr schon unaufgefordert bringt. Er war so nett zu ihr, als sie die ersten Male ins Café kam, als sie noch keiner kannte, als sie ein Niemand war. An seinem Verhalten hat sich nichts geändert, seitdem sie bekannt ist.

»Wieder bei der Arbeit?« fragt er sie.

»Ja, was Neues für die *Tante Voss*. Muss schnell fertig werden. Sonst bin ich einen Kopf kürzer. Und das kann ich mir wirklich nicht leisten.«

Sie lachen beide. Er gibt ihr einen Zettel: »Dieses Briefchen soll ich Ihnen von dem Herrn dort an der Bar geben.« Sie verdreht die Augen und liest. Der Herr an der Bar lädt sie ein, sich zu ihm zu setzen. »Die lästigen Nebenwirkungen des literarischen Ruhms«, seufzt sie. »Sagen Sie ihm: Die Autorin möchte nicht bei der Arbeit gestört werden.« Sie fügt hinzu: »Ich muss hier wirklich ein bisschen weiterkommen.«

»Soll ich Ihnen einen Cognac bringen? Sie sehen heute wirklich so aus, als ob Sie einen vertragen könnten.«

»Ja, das wäre eine gute Idee. Vielleicht kommt mit dem Cognac die Inspiration. Heute ist aber auch wieder so ein ekliger, kalter, verregneter Februartag. Eigentlich sollte man an solchen Tagen im Bett bleiben.« Der Kellner stimmt ihr zu und verschwindet dann, um den Cognac zu holen.

Sie schreibt weiter: *Der große Blonde an der Bar/Schickt einen Brief. – Beim Lesen/Denk ich: Zu spät. Vor einem Jahr/Wär der mein Typ gewesen.*

Der Kellner kommt mit dem Cognac zurück. Sie fragt: »Ist heute etwas Besonderes? Wird langsam voll hier.« – »Oh ja«, antwortet der Kellner, »wir erwarten heute einen Vortrag von Herrn Walter Mehring über ›Die Technik des lyrischen Gedichts‹.« – »Oh, klingt gut, mal sehen, wenn ich hier gut vorankomme, höre ich mir das an. Vielleicht lerne ich ja noch was dazu.«

Sie kannte Mehring. Er kam oft ins Romanische Café. Ihr gefiel sein anarchischer Humor, seine Respektlosigkeit und sein Sinn fürs Groteske. Sie amüsierte es, wenn er mit Hut und Fliege und Pfeife den Dandy spielte, so überzogen, dass er zu einer lebenden Karikatur wurde. Sie mochte seine Selbstironie und sie mochte auch seine frechen, beißend-spöttischen Verse. Sie bewunderte sein politisches Gespür und den Mut, mit dem er seine Meinung vertrat. Und schließlich verband sie ihre Liebe zu Berlin: Walter Mehring, der in Berlin aufgewachsen war, lange in Paris gelebt hatte und dann aus Sehnsucht an die Spree zurückgekehrt war, und Mascha Kaléko aus der galizischen Provinz, die als Emigrantenkind einmal quer durch Deutschland gezogen war, bevor sie in Berlin fand, was sie suchte – den Ort, an dem sie sie selbst sein und zu der Schriftstellerin werden konnte, die sie sein wollte. Wenn sie sich mit Mehring unterhielt und sie beide in einer albern-aufgedrehten Stimmung waren, berlinerten sie, dass sie höchstens die alten Marktweiber verstanden.

»Wann soll denn der Vortrag beginnen?« fragt Mascha den Kellner. »In einer halben Stunde, würde ich sagen.« »Darauf würde ich nicht wetten«, flüstert sie, mit Blick auf die Tür, die krachend aufgestoßen worden war. Ein Trupp SA-Männer in brauner Uniform steht mitten im Raum. Die Gespräche an den Cafétischen verstummen.

Einer der SA-Männer wendet sich an den alten Kellner: »Wir haben hier einen Haftbefehl für Walter Mehring. Können Sie uns sagen, wo wir den Herrn finden.« »Bedaure«, antwortet der Kellner höflich, »Herrn Mehring habe ich heute noch nicht gesehen.« Mascha wirft sich ihren Wintermantel über und ruft dem Kellner zu: »Ich gehe schnell ein paar Zigaretten kaufen. Ich bezahle später. Bin gleich zurück.« Der Kellner nickt. Die SA-Männer beachten sie gar nicht.

Mascha rennt auf die Budapester Straße hinaus. An der Ecke bleibt sie stehen. Sie kauft sich ein Päckchen Zigaretten. Sie stellt sich nahe an einen Hauseingang und zündet sich eine Zigarette an. Dann sieht sie ihn. Klein und schmal, in Mantel und Hut. Er geht kerzengerade in der Mitte des Gehsteigs. Sie stürzt auf ihn zu. »Mehring, Sie müssen sofort verschwinden. Da oben ist die Hakenkreuz-Hilfspolizei mit einem Haftbefehl für Sie!« »Verflucht, das hätte ich mir denken können. Gestern war ein Freund von mir, der im Auswärtigen Amt arbeitet, bei meiner Mutter und sagte ihr: ›Ihr Sohn fühlt sich doch am wohlsten in Paris. Er sollte wieder nach Paris gehen. Am besten für die nächsten fünfzehn Jahre‹.« »Na, das ist doch eine klare Aussage«, sagt Mascha mit einem müden Lächeln. Mehring erklärt: »Ich habe schon mit Ossietzky und Brecht gesprochen, aber ich dachte, den Vortrag könnte ich noch halten. Tja, so wird Pflichtbewusstsein in Deutschland belohnt.« »Machen Sie, dass Sie wegkommen«, sagt Mascha. Sie schaut zum Eingang des Romanischen Cafés. »Verdammt, das Haus ist schon umstellt. Aber Sie müssen da vorbei, oder? Gut, bleiben Sie einfach schön unauffällig. Ich versuche, sie abzulenken.« Sie stürmt los. Zum Eingang des Romanischen Cafés.

»Nicht so schnell, Fräulein. Wo wollen Sie denn hin?« Einer der SA-Männer hält sie vor dem Eingang fest.

»Na, ich will doch zu dem Vortrag. Ich habe mir nur noch schnell ein paar Zigaretten gekauft.« Sie zeigt ihnen das Päckchen. »Ich werde so nervös, wenn ich keine Zigaretten habe, vor allem in Anwesenheit von so vielen netten Herrn.« Sie klimpert mit den Wimpern und setzt ein zuckersüßes Lächeln auf. »Wollen Sie auch zu dem Vortrag? Es geht um ›Die Technik des lyrischen Gedichts‹. Ach Lyrik, Poesie. Das ist ganz meine Welt. Sind Sie auch Dichter?«

»Nein.«

»Sie sehen mir aber ganz so aus. Sie haben doch bestimmt eine poetische Ader.«

»Nein, wirklich nicht.«

»Doch bestimmt. Ich sehe das doch. Sie sind ein echter Dichter.«

»Na ja, also von ein paar bescheidenen Versuchen zu Schulzeiten abgesehen...«

»Na also, wusste ich es doch. Ich täusche mich nie.« Sie sah ihm tief in die Augen. »Sagen Sie mir eins von Ihren Gedichten auf.«

»Also, nein, das kann ich wirklich nicht machen.«

Mehring geht an ihnen vorbei, den Hut tief ins Gesicht gezogen. Er zwinkert Mascha zu und tippt zum Gruß an den Hut. Der SA-Mann sieht ihn an und fragt: »Gehen Sie zu dem Mehring-Vortrag?« »Ich geh' überhaupt nie zu Vorträgen, ich gehe Kaffee trinken, mein Herr!« Der SA-Mann lässt ihn passieren und wendet sich wieder Mascha zu, die ihn strahlend anlächelt und sagt: »So, jetzt muss ich aber schnell wieder rein, sonst denken die noch, ich will sie um die Zeche prellen. Es war reizend, sich mit Ihnen zu unterhalten.« Sie dreht sich um und geht zurück ins Romanische Café.

Walter Mehring begibt sich schnurstracks zum Bahnhof und nimmt den Abendzug nach Paris.

Wörtliche Zitate (im Text kursiv); entnommen aus:

Mascha Kaléko: Angebrochener Abend, in: Das lyrische Stenogrammheft. Hamburg 1974.

Walter Mehring – 29.04.1896 Berlin - 3. 10. 1981 Zürich; Sohn des Schriftstellers Sigmar M.; 1914/15 Studium der Kunstgeschichte in Berlin und München; Mitbegründer des Berliner Dada; 1915-17 Mitglied des ›Sturm‹-Kreises; seit 1921 Korrespondent deutscher Zeitungen in Paris; 1928-33 wieder in Berlin, 1933-38 Korrespondent in Wien; 1938 von der SS an der Schweizer Grenze gefasst, kann jedoch entkommen; 1939 in Frankreich interniert; flieht 1940 über La Martinique in die USA, wo er als us-amerikanischer Staatsbürger bis zu seiner Rückkehr nach Europa (Ascona, Zürich) 1953 lebte. – W.M. ist Lyriker, Erzähler, Dramatiker sowie Satiriker. Schonungsloser Kritiker der bürgerlichen Moral; entwickelt in seinen Chansons einen eigenen Stil, der ihm den Beinamen ›Bänkelsänger von Berlin‹ einbringt.

WERKE (Auswahl): Die Frühe der Städte, Drama 1916; Das politische Cabaret, Gedichte 1920; In Menschenhaut, aus Menschenhaut ..., Erzählungen 1924; Algier, Novellen 1927; Paris in Brand, Roman 1927; Der Kaufmann von Berlin, Drama 1929; Die Gedichte, Lieder und Chansons, 1929; Die höllische Komödie, Drama 1932; Die Nacht des Tyrannen, Roman 1937; Die verlorene Bibliothek, Autobiographie 1952; Morgenlied eines Gepäckträgers, Gedichte 1959; Berlin-Dada, Erinnerungen 1959; Kleines Lumpenbrevier, Gedichte 1965; Briefe aus der Mitternacht, Gedichte 1971; Wir müssen weiter, Autobiographie 1979.

M a s c h a K a l é k o , eigentlich: M. Aufen-Engel, 07.06.1907 Schidlow/Galizien (Chrzanów/Polen) - 21.01.1975 Zürich. – Lyrikerin. Tochter russisch-jüdischer Emigranten; kleinbürgerliche Verhältnisse, 1914 flüchtet die Familie nach Deutschland. Ab 1918 in Berlin, ein Zentrum jüdischen Lebens. Mittlere Reife, Lehre bei der Arbeiterfürsorge der jüdischen Organisationen Deutschlands, daneben Abendkurse in Philosophie und Psychologie an der Humboldt-Universität. 1928 Heirat mit dem Journalisten Saul Kaléko, Mitarbeiter der ›Jüdischen Rundschau‹. Ab 1929 erste Gedichte in der ›Vossischen Zeitung‹, der ›Weltbühne‹ u.a. 1933 erste Buchveröffentlichung »Das lyrische Stenogrammheft«.

1935 verbrennen die Nationalsozialisten in Berlin ihre Bücher; 1938 Flucht nach New York. Sie schreibt für die deutschsprachige Exilzeitschrift ›Aufbau‹, Tätigkeit als Werbetexterin. 1960 Emigration nach Jerusalem. – Zunächst zynisch-spöttische Zeitgedichte, später fließen die Erfahrungen des Exils in M. K.s Poesie ein.

WERKE (Auswahl): Das lyrische Stenogrammheft, Gedichte 1932; Kleines Lesebuch für Große, Gedichte 1934 u. 1974; Der Papagei, die Mamagei, Gedichte 1961; Verse in Dur und Moll, Gedichte 1967; Wie's auf dem Mond zugeht, Gedichte 1971; Hat alles seine zwei Schattenseiten, Gedichte 1973; In meinen Träumen läutet es Sturm, Gedichte und Epigramme aus dem Nachlass München 1977; Der Gott der kleinen Webfehler, Prosa, 1977 und als Paperback: Der Gott der kleinen Webefehler. Spaziergänge durch New Yorks Lower Eastside u. Greenwich-Village. Mit einem Nachwort von Horst Krüger. Berlin 1981; Heute ist morgen schon gestern, Gedichte 1980; Verse für Zeitgenossen. Hamburg 1980; Der Stern, auf dem wir leben, Gedichte 1984; Ich bin von anno dazumal. Chansons, Lieder, Gedichte. München 1987; Die paar leuchtenden Jahre. Hg. v. Gisela Zoch-Westphal. München 2003.

Abschied
Ödön von Horváth begegnet Carl Zuckmayer u.a.
Von Fran Henz

Wien, 11. März 1938

Der Föhnsturm zerrt so heftig an meinem Hut, dass ich ihn mit der Hand festhalten und tief in die Stirn drücken muss. Mit der anderen Hand schlage ich den Kragen meines Mantels hoch. Ich hasse Stürme und mehr noch hasse ich Gewitter. Aber ich muss weiter, muss zu einem Treffen. Es gibt Neues zu berichten, das Ende meiner finanziellen Misere scheint in Sicht.

Der Sturm wirbelt die Flugblätter durcheinander und trägt die skandierenden Stimmen der Demonstranten davon: »Rot-Weiß-Rot bis in den Tod. Rot-Weiß-Rot bis in den Tod.«

Die von Bundeskanzler Schuschnigg initiierte Abstimmung über die Eigenständigkeit Österreichs wird ein eindeutiges Ergebnis bringen und den Braunen ein für alle Mal eine Absage erteilen. Dieser Gedanke erfüllt mich mit Freude und Genugtuung. Hatten die Nazis doch alle meine Stücke mit Aufführungsverbot belegt, weder *Kasimir und Karoline* noch *Glaube, Liebe Hoffnung* oder die *Geschichten aus dem Wienerwald* durften im Deutschen Reich mehr aufgeführt werden.

Ich haste weiter. »Hoch Schuschnigg. Hoch Österreich«, begleitet es mich bis an mein Ziel, das Haus meiner lieben alten Freundin Berta Zuckerkandl. Bei den letzten Treffen hat sie sich zwar aus gesundheitlichen Gründen entschuldigen lassen, aber die Tradition ihrer Salons wird von allen Beteiligten weiter gepflegt.

Ich betrete den eleganten Raum und sehe, dass meine Freunde mich schon erwarten. Alexander, Franzl und Carl stehen beisammen, mein Bruder Lajos kommt mir entgegen. Die Stimmung der Demonstranten hat sich auf mich übertragen und die Worte drängen euphorisch aus mir heraus: *»Kein Hitler-Gruß wagt sich mehr hervor! Wir Österreicher haben uns wieder gefunden!«*

Die Gesichter meiner Freunde spiegeln nichts von meiner Begeisterung. Stattdessen graben Kummer und Sorge tiefe Falten in ihre Züge.

»Ödön«, sagt Franzl, »es gibt Gerüchte …«

»Welche Gerüchte?« frage ich und setze mich auf das Canapé.

Mitzi, eines von Bertas Dienstmädchen, bringt eine frische Kanne Kaffee. Sobald sie verschwunden ist, fährt Franzl fort: »Sie werden die Abstimmung nicht zulassen. Sie werden nicht zulassen, dass es einen freien unabhängigen Staat Österreich gibt.«

Franzl ist der älteste von uns und mein bester Freund. Vor fünf Jahren, bei meinem ersten längeren Wienaufenthalt, nahm er mich in seiner winzigen Wohnung vis à vis vom Zentralfriedhof auf. Schon damals sah er in dem in Mode kommenden Nationalsozialismus nichts Gutes. Seine Befürchtungen bewahrheiteten sich. Nicht nur meine Stücke wurden von den Bühnen verbannt, auch die meiner Freunde und vieler anderer Kollegen. Manche von ihnen sind bereits in die Schweiz oder nach Frankreich gegangen, weil ihnen der Aufenthalt in Deutschland – so wie mir – verboten wurde oder weil sie es erst gar nicht soweit kommen lassen wollten.

Auch Carl gehört dazu. Nach seinem öffentlichen Angriff auf Propagandaminister Joseph Goebbels, der sich berufen fühlte zu urteilen, was förderungswürdige Kultur war, hatte ihn auch der Erfolg seines *Hauptmann von Köpenick* nicht vom Vorwurf *volksschädigende Reden gegen Führer und Vaterland* zu führen, reinwaschen können. Gemeinsam verbrachten wir einige Zeit in Henndorf im Salzburgischen, das ihm nach seiner Ausweisung als Zufluchtsort diente. In seiner Wiesmühle erlebten wir den einen oder anderen erbaulichen Nachmittag mit wechselnden Gästen wie Max Reinhardt, Erich Maria Remarque, Gerhart Hauptmann oder Thomas Mann.

»Aber geh, wie wollen sie das denn verhindern?« frage ich sorglos. »Die Abstimmung soll übermorgen stattfinden.«

Von Alexander kommt ein höhnisches Auflachen. »So wie sie alles nach ihren Wünschen biegen. Mit Gewalt natürlich.«

Ich rühre Zucker in meinen Kaffee. Die frohe Botschaft, die ich mit ihnen teilen wollte, scheint so klein und unwichtig geworden zu sein. Trotzdem kann ich mich ihren Befürchtungen nicht anschließen. *Vor den Nazis habe ich keine so sehr große Angst. Es gibt ärgere Dinge, nämlich die, vor denen man Angst hat, ohne zu wissen warum. Ich fürchte mich zum Beispiel vor der Straße. Straßen können einem übelwollen, können einen vernichten. Straßen machen mir Angst.«*

»Ach, Ödön«, sagt Carl. In seinem Gesicht lese ich, dass er denkt, ich hätte wieder einmal zu viel getrunken. Oder dass ich gerade eine meiner depressiven Phasen durchmache. Dabei ist genau das Gegenteil der Fall. Endlich zeichnet sich für mich ein Licht am Horizont ab.

»Ihr glaubt also, dass die Braunen die Regierung an sich reißen werden?« »Heimholen ins Reich ist der korrekte Ausdruck«, verbessert Alexander zynisch.

Dumpfes Schweigen senkt sich über den Raum.

»Ich bleibe nicht hier«, sagt Franzl entschlossen. »Ich ertrage das alles nicht länger.«

»Und wo willst du hin?« fragt Alexander.

»Polen. Dort bin ich sicher. Die Polen schätzen mich noch immer wegen der Übersetzung von Krasinski. Dort werde ich auch arbeiten können. Ruhig und unbehelligt.«

Carl sieht ihn zweifelnd an, will etwas entgegnen, aber da wird plötzlich die Tür aufgerissen und Mitzi steht im Zimmer.

»Die gnädige Frau …«, sie bricht ab, versucht es noch einmal, »die gnädige Frau lässt ausrichten … der Radioempfänger … der Kanzler … etwas ist passiert.«

Franzl springt auf und eilt zu dem Gerät. Es ist zehn Minuten vor acht. Die Röhren leuchten grün als er es einschaltet und wenig später hören wir die Stimme des Bundeskanzlers Kurt Schuschnigg.

Die Abstimmung für ein *freies und deutsches, unabhängiges und soziales, christliches und einiges Österreich* wird nicht stattfinden. Er selbst tritt zurück, seine Demission liegt dem Präsidenten Miklas bereits vor. Seine letzten Worte sind: »Gott schütze Österreich.«

Das zähe Schweigen im Raum wird nur langsam gebrochen. Ich höre meinen Freunden zu, wie sie diskutieren, Pläne schmieden, dem System Widerstand zu leisten. Ich beteilige mich nicht daran, weil ich weiß, dass ich nichts ändern kann. Oft schon wurde ich für meinen Fatalismus verlacht, aber das ändert nichts daran. *Ich schreibe nicht gegen, ich zeige nur.* So wie der Leichenbeschauer nur den Tod feststellen kann, kann ich nur die Zustände niederschreiben. Ich kann versuchen, der Gesellschaft einen Spiegel vorzuhalten, aber hineinschauen muss sie selber.

Sehen muss sie selber.

Meine Gedanken schweifen ab. Wieder fällt mir der Grund ein, warum ich mich heute mit den Freunden treffen wollte. Doch das ist alles unwichtig geworden. Ihnen jetzt zu erzählen, dass ein Hollywood-Regisseur einen meiner Romane verfilmen will, wäre egoistisch – meine Freude über dieses unglaubliche Angebot in der jetzigen Situation obszön.

»Polen für dich also, Franz. Für Carl die Schweiz. Und Ödön, wo wirst du hingehen?« fragt mich Alexander.

Ich weiß keine Antwort. Auch nicht, als wir alle vor dem Haustor stehen. Auf dem Trottoir liegen Flugzettel. Schmutzig. Zerrissen.

Alexander und Carl verabschieden sich als erste. Lajos begleitet sie.

Franzl sieht mich an. In seinen Augen schimmern Tränen und ich versuche, diesem besten aller Freunde ein kleines Lächeln zu entlocken. »Ach, Franzl, Contenance, *wir sehen uns doch nicht erst in der Ewigkeit.*«

Zu spät fällt mir auf, dass dieser Satz keine Frage ist.

Sondern eine Feststellung.

W ö r t l i c h e   Z i t a t e (im Text kursiv); entnommen aus:

Heinz Lunzer, Victoria Lunzer-Talos, Elisabeth Tworek:

Horváth – Einem Schriftsteller auf der Spur. Salzburg 2001.

Kurt Bartsch: Ödön von Horváth. Stuttgart 2000.

Carl Zuckmayer: Als wär's ein Stück von mir. Frankfurt.

W e i t e r e   Q u e l l e n :

Internet sowie das Archiv der ›Wiener Zeitung‹.

Ö d ö n   v o n   H o r v á t h – 1901-1938; verlässt am 16. März 1938 – zwei Tage vor dem offiziellen Anschluss Österreichs ans Deutsche Reich – Wien in Richtung Budapest; von dort reist er nach Prag und weiter über Jugoslawien, Triest, Venedig, Mailand, Zürich, Amsterdam nach Paris, wo er am 28. Mai ankommt. Am 1. Juni 1938 trifft er sich mit dem Regisseur Robert Siodmak, um die Verfilmung seines Romans ›Jugend ohne Gott‹ zu besprechen. Siodmak will ihm für die Heimfahrt ein Taxi bestellten, Horváth lehnt ab. Kurz darauf wird er auf den Champs-Èlysées vom herabfallenden Ast einer Kastanie, die in einem Gewittersturm vom Blitz getroffen wurde, erschlagen. Horváth wird auf dem Pariser Friedhof Saint Ouien beigesetzt. 1988 erhält er von der Stadt Wien ein Ehrengrab auf dem Heiligenstätter Friedhof.

WERKE (Auswahl): Sladek, der schwarze Reichswehrmann, Drama 1930; Der ewige Spießer, Roman 1930; Rund um den Kongreß, Drama 1930; Don Juan kommt aus dem Krieg, Drama 1930; Geschichten aus dem Wienerwald, Volksstück 1931; Italienische Nacht, Volksstück 1931; Glaube, Liebe, Hoffnung,

Drama 1932; Kasimir und Karoline, Volksstück 1932; Figaro läßt sich scheiden, Komödie 1934; Der jüngste Tag, Drama 1938; Jugend ohne Gott, Roman 1938; Ein Kind unserer Zeit, Roman 1938.

Franz Theodor Csokor – 1885-1965; in den 20er Jahren Dramaturg am Raimund-Theater und am Deutschen Volkstheater in Wien. Mit Lina Loos, dem Regisseur Rudolf Beer, Egon Friedell, Ferdinand Bruckner sowie Lajos und Ödön von Horváth verbanden ihn enge Freundschaften.

Beim PEN-Kongress von Ragusa (Dubrovnik) 1933 bezog Csokor klar Position gegen das 3. Reich. Als Übersetzer der *Ungöttlichen Komödie* (1936) von Zygmunt Krasinski erwarb er in Polen großes Ansehen.1938 flüchtete er Hals über Kopf nach Polen, dann über Rumänien weiter nach Jugoslawien, wo er im Untergrund auf der dalmatinischen Insel Korcula das 3. Reich überdauerte. Als Präsident des Österreichischen PEN (1947) war er eine von allen Seiten respektierte Integrationsfigur der österreichischen Literaturszene. 1955 erhielt er den Großen Österreichischen Staatspreis für Literatur.

WERKE (Auswahl): Die Sünde wider den Geist, Tragödie 1918; Der Baum der Erkenntnis, Drama 1919; Ballade von der Stadt, Drama 1928; Gesellschaft der Menschenrechte, Drama 1929; Besetztes Gebiet, Drama 1930; 3. November 1918, Tragödie 1936; Über die Schwelle, Erzählungen 1937; Gottes General, Drama 1939; Als Zivilist im polnischen Krieg, Autobiographie 1940; Das schwarze Schiff, Gedichte 1944; Der verlorene Sohn, Tragödie 1947; Als Zivilist im Balkankrieg, Autobiographie 1947; 1952; Europäische Trilogie, Dramen 1952; Der Schlüssel zum Abgrund, Roman 1955; Auf fremden Straßen, Autobiographie 1955; Treibholz, Drama 1959; Der zweite Hahnenschrei, Erzählungen 1959; Ein paar Schaufeln Erde, Erzählungen 1965; Die Kaiser zwischen den Zeiten, Drama 1965; Alexander, Drama 1969.

Carl Zuckmayer – 1896-1977; ging 1920 nach Berlin (dann auch Kiel, München) zum Theater (Regieassistent, Dramaturg). Nachdem ihm die deutsche Staatsbürgerschaft aberkannt wurde, lebte er in Henndorf bei Salzburg. Freundschaften u.a. mit Erich Maria Remarque, Franz Werfel und Anna Mahler-Werfel. Nach dem Treffen in Wien emigrierte er 1938 zuerst in die Schweiz, dann in die USA, kehrte 1946 dorthin zurück, lebte ab 1958 in Saas Fee (Wallis).

WERKE (Auswahl): Der fröhliche Weinberg, Lustspiel 1925; Schinderhannes Drama 1927; Der Hauptmann von Köpenick, Drama 1930; Drehbuch zum Film ›Der Blaue Engel‹ nach dem Roman von Heinrich Mann, 1930; Des Teufels General, Drama 1946; Der Gesang im Feuerofen, Drama 1950; Das kalte Licht, Drama 1955; Als wär's ein Stück von mir, Autobiographie 1966.

Alexander Lernet-Holenia – 1897-1976; in seiner Jugend lebte er in Wien, während es ihn später auf Reisen in alle Welt hinauszog. 1928 lernt er in St. Wolfgang – nahe von Henndorf – Leo Perutz kennen, der für ihn ebenso zum Freund wie zum Vorbild wird. Gemeinsam mit Stefan Zweig schreibt er unter dem Pseudonym Clemens Neydisser das Stück ›Gelegenheit macht Liebe‹ (oder ›Quidproquo‹).

1933 war er Trauzeuge Ödön von Horváths bei dessen Hochzeit mit der Sängerin Maria Elsner.

Als einziger Autor des Treffens vom 11. März verließ er Wien nicht. Er war ein vielseitiger Autor, versiert in den unterschiedlichsten Gattungen: Roman, Theater, Lyrik. Für seine frühen Bühnenwerke Ollapotrida (1926) und Österreichische Komödie (1927) erhielt er den Kleist-Preis. Es folgten viele erzählende Werke, oftmals angesiedelt in der österreichischen Geschichte. In den Jahren 1969 bis 1972 war Lernet-Holenia Präsident des Österreichischen PEN-Clubs.

WERKE (Auswahl): Pastorale, Gedichte 1921; Demetrius, Drama 1926; Ich war Jack Mortimer, Roman 1933; Die Standarte, Roman 1934, Der 27. November, Erzählung 1946; Der Graf von Saint-Germain, Roman 1948. Das Finanzamt, Erzählung 1955; Die vertauschten Briefe, Roman 1958; Prinz Eugen, Roman 1960; Naundorff, Roman 1961; Das Halsband der Königin, Roman 1962; Drei Reiterromane, 1963; Götter und Menschen, Erzählungen 1964; Die weiße Dame, Roman 1965; Pilatus, Roman 1967; Die Hexen, Roman 1969; Das Finanzamt, Komödie (1969).

B e r t a   Z u c k e r k a n d l – 1864-1945; Tochter des Journalisten und Kronprinz Rudolf Beraters Moritz Szeps, der sich vom einfachen Journalisten zum Besitzer des ›Neuen Wiener Tagblatts‹ hinaufarbeitete. Seine Tochter, selbst Journalistin, errichtete in ihrer Villa einen Salon nach Vorbild ihrer Schwester Sophie, die mit dem Bruder des französischen Ministerpräsidenten Georges Clemenceau verheiratet war. In den 1890er Jahren wurde ihr Haus zum Treffpunkt der Wiener künstlerischen Avantgarde und wissenschaftlichen Elite. Gäste im Salon waren u. a. Gustav Klimt, Otto Wagner, Hermann Bahr, Arthur Schnitzler und Gustav Mahler, der dort seiner späteren Frau Alma begegnete. Bei den Gründungen der ›Secession‹ und der ›Wiener Werkstätte‹ fungierte Berta, aufgrund ihrer Kontakte zur Pariser Kunstszene (u. a. zu Carrière und Rodin) als markante Figur im Hintergrund. Daneben verfolgte das Ehepaar Zuckerkandl sein soziales Engagement und unterstützte das ›Wiener Volksbildungswerk‹. 1938 ging die Familie nach Paris. Dort begann Berta die Arbeiten an ihrer Biographie. 1940 emigrierte die Familie nach einer abenteuerlichen Flucht weiter nach Algier, kehrte aber 1945 zurück nach Frankreich, wo die 81-Jährige kurz darauf starb.

AUTOBIOGRAPHIE: Ich erlebte fünfzig Jahre Weltgeschichte. Stockholm 1939.

Pacific Palisades
Thomas Mann begegnet Lion Feuchtwanger, Kalifornien 1950
Von Uta Jung Karpalov

Er stand am Pult, einige Blätter lagen vor ihm. Ein wenig aufgeregt war er: Das Lampenfieber würde nie vollständig vergehen. Verhalten lugte er durch den Raum, wobei er feststellen konnte, dass sich ungefähr fünfunddreißig Gäste – oder besser: Zuhörer – eingefunden hatten. Viele rauchten, man hatte einen Aperitif zu sich genommen; ein Nebel aus scharfem Qualm und Vertrauensseligkeit hing im Raum. Die Verandatür war weit geöffnet. Der Pazifik brandete, der Ventilator surrte. Marta, seine Frau, lief noch eilig zwischen zwei Bekannten hin und her, setzte sich dann aber, als sie merkte, dass es still geworden war. Er hasste es, wenn sich die Zuhörer nicht hundertprozentig konzentrierten. Mit zwei Fingern quetschte er kurz seine etwas zu dicke Nase zusammen – eine Übersprungshandlung, mit der er seine Verlegenheit vor sich selbst verbergen wollte. Lächelnd, was sein Gesicht noch zerknitterter erscheinen ließ, sah er ein letztes Mal ins Publikum. Dann las er. Nicht befreit oder pathetisch, eher zu leise und monoton. Doch sein Vortrag war sehr ernst, weshalb die Zuhörer nach wenigen Minuten ganz bei der Sache waren. Er las aus ›Goya‹. Konzentriert, mit geradem Rücken und gesenktem Kopf. Seine Augen hinter den Gläsern verfolgten die Buchstaben auf dem Papier, und hierbei musste er zu seinem Bedauern feststellen, dass auch seine Sehkraft zusehends schwand. Da war nicht nur das Problem mit den Zähnen. Um zwanzig Uhr hatte er begonnen, und er las exakt fünfundzwanzig Minuten. Als er geendet hatte, applaudierten alle artig. Mann hatte die ganze Zeit wie ein Stock dagesessen, aufmerksam lauschend – das zumindest hatte er aus dem Augenwinkel beobachtet, auch während des Vortragens. Jetzt flatterte dienstfertig Marta zwischen den Gästen umher, bot Erfrischungen an und scherzte. Die Diskussion über das eben Gehörte würde in wenigen Minuten beginnen. Das erste Wort würde wie üblich Mann haben. Der war heute alleine gekommen, ohne seine Frau Katja. In der Art eines Generalkonsuls schlug Mann sanft aber bestimmt mit einem Löffelchen an seine Teetasse und bat um Ruhe. Distinguiert spitzte er die Lippen.

»Meine lieben Freunde«, setzte er an, in angemessener, dem Anlass eher entsprechenden Lautstärke als der Vorleser, was jenen sofort in einem ungünstigen Licht erscheinen ließ. »Lassen Sie mich ein paar Worte verlieren über den noch diktierfrischen Roman unseres Freundes Lion. Sehen wir von der Wahl des Themas ab...«

Der zu richtende Lion Feuchtwanger stand mit leicht gesenktem Haupt, so als sprengte die Aufnahme der anstehenden Kritik schon jetzt sein Nervenkostüm. Trotzdem hatte er ein einnehmendes aber schüchternes Lächeln aufgesetzt, welches sein Gesicht in Millionen kleiner Fältchen knitterte, das der Schar der Zuhörer suggerieren sollte, dass ihn jegliche Kritik, wie subtil auch immer, nicht werde anfechten können. Leichte Bauchschmerzen, die zum Glück niemand sehen konnte, straften eine solche Gelassenheit Lügen. Wie vor dem Vater, früher, wenn er etwas verbockt hatte, fühlte er sich zuweilen, wenn Mann urteilte. Eigentlich überhaupt, wenn Mann mit ihm oder besser: *zu* ihm sprach. Nur weil der den Nobelpreis bekommen hatte, eine Ehre, die etliche Jahre zurücklag, führte der sich auf wie der oberste Richter. Diese Gedanken sprudelten Feuchtwanger durch den Kopf, während Mann druckreife Sentenzen auswarf, er selbst aber die Anwesenden genauer in Augenschein nahm. Literaten wie er, Kritiker, Schauspieler, Künstler. Alles Ausländer – hier, in der sonnigen neuen Welt. Natürlich ein paar Frauen, die ihn anbeteten.

Sophie Becker, die schrieb selbst, Kurzprosa und Lyrik. Feuchtwanger hatte sie kürzlich dank Brechts Vermittlung, der sie als begabte Sekretärin angepriesen hatte, kennen gelernt. Entschieden hatte die das Angebot ausgeschlagen, proklamiert, sie wolle nur für die Literatur leben. Trotzdem lud Feuchtwanger sie regelmäßig zu sich ein. Marta schwante Handfestes.

Sophie Becker plauderte mit einem Zeitungsmann. Feuchtwanger vermutete sie wolle Kontakte knüpfen und stellte sich vor, wie sie nackt aussähe, wie er hinter ihr stünde, ihren Schlüpfer zur Seite und ihren Rock hoch schieben würde und wie dann sein erigierter Penis in sie dränge. Verkürzt und unromantisch waren seine Phantasien. Er musste sich zwingen, diesen Gedanken zu kappen, denn gleich würde er Rede und Antwort stehen müssen.

»Was vermissen Sie am meisten, so fern der Heimat?« klang es unvermittelt an sein Ohr, im Flüsterton.

Eine Frage, die beinahe zur Floskel geworden war.

»Alles und nichts«, antwortete Feuchtwanger kryptisch.

In der Heimat wäre es vielleicht einfacher gewesen, Sophie Becker unter einem beliebigen Vorwand zum Sex zu animieren. Hier waren alle so angespannt, als warteten sie auf etwas oder befürchteten einen erneuten schweren Schlag.

»Irgendwann werden wir zurückkehren können«, ergänzte er mit lauer Zuversicht, wobei er bemerkte, dass einige Umstehende gespannt auf seine Antwort gewartet hatten. Die Exilanten. Tief in ihrem Herzen eine Gruppe verschreckter Kinder, die mit Spannung ein positives Urteil herbeisehnte.

Mann hatte geendet. Höflich, voll des Lobes für die Trochäen am Ende der einzelnen Kapitel des ›Goya‹. Zufrieden mit seiner literaturwissenschaftlich fundierten Kritik nahm Mann Platz. Ein paar weitere Kritiker reihten sich ein. Zahm. Es verärgerte Feuchtwanger ein wenig, da er um seine Umstrittenheit wusste. Er nahm sich vor, den Roman bei der abschließenden Überarbeitung um detaillierte Sexszenen zu bereichern, um solch undifferenziertem Geseiere den Nährboden zu nehmen.

Der Abend verlief dann noch interessanter, als er vermutet hatte. Zwei Polizisten tauchten auf und stellten Verhöre an, da man am Meer eine junge Tote gefunden hatte. Eine Ausländerin, ein für die Polizei ausreichender Grund, die Soiree bei Feuchtwangers zu stören.

»Und niemand hat sie gekannt?« fragte ungläubig einer der Polizisten. »Das ist traurig.«

Zu vorgerückter Stunde lief die Gesellschaft auseinander. Sophie Becker verschwand mit einem jungen Lyriker, jedoch nicht ohne dass Feuchtwanger ihr eine Verabredung zum Tee für den nächsten Tag abgerungen hätte. Die den Straßenrand säumenden Palmen wogten sanft im kühlen Abendwind. Jemand, offenbar ein Neuling, fragte Mann, wie er denn die Lage der Exilanten einschätze.

»Fern der apokalyptischen Heimat ächzen die Flüchtlinge unter den drakonischen Auflagen der Regierung, strampeln um Anerkennung. – Um mal mit Feuchtwanger zu sprechen. «

Ein paar Tage später traf er Mann zufällig beim Spaziergang am Strand. Er selbst hatte der von Marta verordneten Gymnastik entfliehen wollen und zog einen gemeinen Fußmarsch vor. Mann trug eine Kopfbedeckung zur Sonnenabwehr, die ihn als Ausländer stigmatisierte. Heute fühlte Feuchtwanger sich in der Stimmung, eine lockere, vielleicht endlich persönliche Unterhaltung mit Mann zu führen, den anderen auszuquetschen. Man grüßte sich herzlich, doch förmlich und einigte sich, ein nahegelegenes Café zu frequentieren. Nachdem sie Saft bestellt hatten, schwiegen sie eine Weile. Feuchtwanger wusste nicht recht, wie er das Thema zur Sprache bringen könnte, wohingegen Mann mit der Situation zufrieden schien. Eine laue Brise fuhr durch die aufgestellten Sonnenschirme. Mit einem Seufzer lehnte Mann sich zurück, hob den Sonnenhut vom Kopf, zog aus der Hosentasche ein Taschentuch und trocknete sich mit leicht zitterndem Arm die

Stirn. Feuchtwanger wippte nervös mit dem Fuß, hatte das Gefühl, diese Gelegenheit nicht ungenutzt verstreichen lassen zu dürfen.

»Welche Sonnencreme benutzen Sie eigentlich?« fragte entschärfend aber durchaus ehrlich interessiert Mann.

Das Profane des Gesagten verblüffte Feuchtwanger. Er hatte sich auf einen theoretischen Diskurs gefasst gemacht. Sah sich jetzt aber ermutigt in seinem Vorhaben.

»Werter Freund«, leitete er vorsichtig ein, »Ihre Romane haben ja gewissermaßen Vorbildcharakter für mich, aber in einem scheiden sich unsere Geister ... aus welchem Grund scheuen Sie sich, das Sexuelle, Körperliche deutlicher zu beschreiben oder dies überhaupt thematisch breiter anzulegen? «

Feuchtwanger rechnete mit verstimmter Abwehr, doch Mann fixierte ihn ernst und nippte an seinem Saft.

»Auch in der Realität pflege ich nicht jedem dargebotenen Reiz zu verfallen. Meine Romanfiguren verhalten sich ihrer gesellschaftlichen Stellung entsprechend. Wenn es eine Funktion erfüllen soll, handeln die Figuren triebbestimmt oder ihre Sexualität wird diskutiert.«

»Oft thematisieren Sie die homosexuelle Liebe... auch aus eigener Anschauung?« Feuchtwangers Neugier war so groß, dass er die Peinlichkeit überwand, eine solche Frage zu stellen.

»Die unerfüllte homosexuelle Liebe«, kommentierte Mann knapp und sah auf das weite Wasser hinaus.

»Und wie geht das mit der Realität zusammen?« stocherte Feuchtwanger.

»Inwiefern?«

»Sind Ihre Ambitionen erfüllt worden oder Wunsch geblieben, so wie es Ihre Figuren leben?«

»Meine Figuren leben durchaus keine Enthaltsamkeit.«

Der fand immer geschickt einen Ausweg, schlängelte sich ohne Verlegenheit aus den vertracktesten Frageknäueln, ohne zu viel preiszugeben.

»Und Sie?« entgegnete Mann mit sarkastischem Unterton. »Jagen Sie denn jedem Rock hinterher wie Ihre Helden?« Ironisch amüsiert nahm er noch einen Schluck. Kniff die Augen zusammen.

Feuchtwanger blieb stumm.

Nach einer langen Weile ergänzte Mann: »Ist es nicht eher so, dass unsere Phantasie Ozeane überquert, um uns das wirkliche Leben für eine gewisse Zeit vergessen zu lassen?«

Seine Rede war immer leiser geworden. Feuchtwanger nickte. Beiden war zum Heulen zumute.

L i o n   F e u c h t w a n g e r (Pseudonym J. L. Wetcheek) – Dramatiker und Erzähler; 07. 07.1884 München - 21. 12. 1958 Los Angeles, Sohn eines Fabrikanten; Studium der Philologie und Philosophie in München und Berlin; 1907 Promotion; Theaterkritiker; häufig im Ausland, meist in Italien; 1914 bei Kriegsausbruch in Tunis interniert; Flucht nach Deutschland, Militärdienst, Teilnahme an der Novemberrevolution in Berlin; 1927 Übersiedlung von München nach Berlin; 1933 Verbrennung seiner Bücher, Aberkennung des Doktortitels und Ausbürgerung; 1933-40 Exil in Frankreich; 1936/37 Russlandreise, Mitherausgeber der Zeitschrift: ›Das Wort‹. 1940 von der reaktionären Vichy-Regierung in ein Konzentrationslager bei Aix-en-Provence gesperrt; 1940 Flucht über Spanien und Portugal in die USA; lebte seit 1941 in Pacific Palisades in Kalifornien in guten Verhältnissen. – Zeitkritische Bücher mit sozialistischem Anspruch. Bedeutender Erneuerer des historischen und kulturhistorischen Romans, der jüdische und deutsche Geschichte thematisiert.

WERKE (Auswahl): Der tönerne Gott, Roman 1910; Die Kriegsgefangenen, Drama 1919; Die häßliche Herzogin Margarete Maultasch, Roman 1923; Der holländische Kaufmann, Drama 1923; Leben Eduards II. von England, Drama

1924 (nach Marlowe, mit B. Brecht); Jud Süß, Roman 1925; Der jüdische Krieg, Roman 1932; Die Geschwister Oppenheim, Roman 1933; Der falsche Nero, Roman 1936; Exil, Roman 1940; Unholdes Frankreich, Autobiographie 1942; Wahn oder Der Teufel in Boston, Drama 1948; Goya, Roman 1951; Narrenweisheit oder Tod und Verklärung des J. J. Rousseau, Roman 1952; Spanische Ballade (auch: Die Jüdin von Toledo), Roman 1955 ; Witwe Capet, Drama 1956.

T h o m a s   M a n n – 06.06.1875 Lübeck - 12. 8. 1955 Kilchberg bei Zürich; aus altem Lübecker Patriziergeschlecht, mütterlicherseits auch portugiesisch-kreolische Wurzeln; 1893 Übersiedlung nach München; Volontär bei einer Versicherungsgesellschaft, 1894 Mitarbeit beim ›Simplizissimus‹. 1895-97 Italienaufenthalt mit seinem Bruder Heinrich, 1899 Redakteur beim ›Simplizissimus‹, dann freier Schriftsteller. 1905 Heirat mit Katja Pringsheim, lebt in Oberammergau, Tölz, 1912 in Davos, 1914-33 wieder in München. 1929 Nobelpreis für Literatur. Während einer Vortragsreise 1933 emigriert er über Holland, Belgien und Frankreich in die Schweiz, nach Küsnacht/Zürichsee; 1939 in die USA, Gastprofessur an der Princeton Universität in New Jersey, dann in Pacific Palisades, Kalifornien, 1944 us-amerikanische Staatsbürgerschaft. 1952 Wohnsitz in Kilchberg/Zürich. – Bedeutendster deutscher Erzähler des 20. Jh., führte den modernen deutschen Roman an die Weltliteratur heran und erweiterte Erzählformen durch ironische Brechung und Selbstparodie im Roman; neue Formen der Zeitbehandlung und kunstvolle Verwendung symbolischer Leitmotive. Bedeutender Vertreter des psychologischen Romans sowie der psychologischen Novelle. Einflüsse durch Schopenhauer, Nietzsche, Richard Wagner sowie des Ästhetizismus und des russisch-französischen Realismus. Grundthema: Kunst und Geist als Erscheinungsformen von Krankheit und Dekadenz sowie die Einsamkeit des Künstlers als Außenseiter der bürgerlich-saturierten Gesellschaft. Bedeutende politisch-kritische Essays.

WERKE (Auswahl): Buddenbrooks, Roman 1901; Tonio Kröger, Novelle 1914; Der Tod in Venedig N. 1913; Betrachtungen eines Unpolitischen, Essays 1918; Bekenntnisse des Hochstaplers Felix Krull; Rede und Antwort, Essays

1922; Der Zauberberg, Roman 1924; Unordnung und frühes Leid, Novelle 1926; Mario und der Zauberer, Novelle 1930; Joseph und seine Brüder, Roman-Tetralogie; Achtung, Europa!, Essays 1938; Schopenhauer, Essays 1938; Das Problem der Freiheit, Essays 1939; Lotte in Weimar, Roman 1939; Deutschland und die Deutschen, Reden 1947; Doktor Faustus, Roman 1947; Nietzsches Philosophie im Lichte unserer Erfahrung, Reden 1948; Der Erwählte, Roman 1951; Versuch über Schiller, 1955.

Der Augenzeuge
Max Frisch begegnet Bertolt Brecht, Zürich 1948
Von Ewa Bielska

Er wusste nicht, wann er ihn zum letzten Mal gesehen hatte, lange konnte es nicht her sein. Deutlich spürte er jenes Gefühl, diese Mischung aus Freude und gleichzeitiger Anspannung in Erwartung eines anspruchsvollen Gesprächs, das seine Gedankengänge in eine knappe und sachliche Form zwingen würde.

Brecht war vor Kurzem erst aus den USA zurückgekehrt und hatte sich in der Nähe von Zürich, in Herrliberg niedergelassen. Dort wollte Frisch ihn heute besuchen. Die Anstrengung der Fahrradfahrt merkte er kaum, da er sich auf die bevorstehende Begegnung konzentrierte.

Offensichtlich waren Restaurantbesuche in Zürich zu kostspielig, wenn auch über materielle Not nicht gesprochen wurde. Außerdem zog der Emigrant die geschützte Atmosphäre der Wohnung einem Lokalbesuch vor, da man sich nie sicher sein konnte, ob Nichtbefugte in einem Lokal mithörten. So führten die Besuche des 36-jährigen Schriftstellers und Architekten, Max Frisch, zu seinem dreizehn Jahre älteren Kollegen nach Herrliberg, dem exklusiven Wohnort der Reichen, in die Wohnung, die ihm von dem Ehepaar Mertens überlassen worden war. Sie befand sich an einem Ort, der zu den angenehmsten in Zürich zählte. Die aus dem 19. Jahrhundert stammenden und teilweise nach der Jahrhundertwende erbauten Villen mit gepflegten Gärten verrieten guten Geschmack und eine stilvolle, bürgerliche Bescheidenheit ihrer Baumeister und Bewohner. Der herrliche Blick auf den See und die Alpen beeindruckte den für Schönheit empfänglichen Spaziergänger. Auf dem See schaukelten Boote, Ausflugsdampfer zogen vorüber. Dem milden Klima verdankte die Gegend ihre üppige Vegetation. Die idyllische Umgebung weckte den Wunsch, den malerischen Charakter mit einem Foto festhalten zu wollen; diese Harmonie vermittelte die Illusion, in Europa habe es nie einen Krieg gegeben, schon gar nicht erst vor drei Jahren, zudem einen, der so verheerend und menschenverachtend gewesen war.

Die von Brecht und Helene Weigel bewohnte Wohnung befand sich in einem alten Gärtnerhaus. Brechts Zimmer, einer Werkstatt nicht unähnlich, war bis in den letzten Winkel vollgestellt mit Büchern, die er gerade für seine Arbeit benötigte, mit Zeitungen und Zeitungsausschnitten in vielen Sprachen. In der Ecke am Fenster stand ein kleiner Schreibtisch, aber eigentlich hätte zu Brecht ein Stehpult besser gepasst. Frisch stellte sich vor, wie der Schriftsteller daran arbeitete, ein Thema in seiner Komplexität erfasste und die daraus entwickelten Gedanken in der ihm eigenen einfachen Form niederschrieb. Man konnte dem Eindruck nicht widerstehen, die Ideen würden ihm nur so zufliegen, er könne aus dem Vollen schöpfen. Erstaunlicherweise glaubte Brecht selbst, sein Werk sei weniger umfassend, als es tatsächlich der Fall war, wie Peter Suhrkamp zu berichten wusste. Brecht war kaum eitel zu nennen, dennoch drängte er Suhrkamp zu einem größeren Schriftsatz, auf dass sein Werk umfangreicher wirke, *wenigstens fünf Bände sollten es schon sein.*

Auf dem Schreibtisch lag der Briefwechsel zwischen Goethe und Schiller, aus dem Brecht hin und wieder seinen Besuchern vorlas, außerdem nützliche Büroartikel, Scheren und Klebstoff griffbereit. Eine Kiste Zigarren, der einzige Luxus, den der Gastgeber sich leistete und ein Radio schränkten die Arbeitsfläche ein. Des Öfteren legte der Meister während der Arbeit Pausen ein, in denen er Nachrichten hörte. In einem der Sessel war eine alte Schreibmaschine abgestellt.

Beim gemeinsamen Essen in der Küche kam Frisch in den Genuss der ihm bis dahin unbekannten Wiener Kochkünste von Helene Weigel. Später wechselten die Herren zum Kaffeetrinken in Brechts Arbeitszimmer. Brecht räumte für seinen Besucher einen der Sessel von Büchern und Zeitungen frei. Sie saßen in Sesseln, die nur eine aufrechte Haltung erlaubten. Die ständig benutzten Aschenbecher standen auf dem Boden, dessen Holzdielen angenehm knarrten, wenn jemand darüber lief. An der Frisch gegenüber liegenden Wand hing eine chinesische Malerei, die der Emigrant auf seinen Lebensstationen stets mit sich führte. Sie stellte den einzigen Wandschmuck dar: »Laotse, der das Reich verlässt, übergibt sein Werk Tao Te King dem Grenzwächter.« Im Vordergrund sah man den alten Weisen mit einem ergrauten Bart auf einem Büffel sitzend. In tiefer Verbeugung mit einem zu Boden gesenktem Blick kniet der Grenzwächter in einer Haltung der Ehrerbietung vor ihm. Neben dem Reittier läuft ein junger Diener, fast noch ein Kind, einen langen Stock schwingend. Ein großer Baum ragt über die im Hintergrund verschwommene Landschaft. Frisch betrachtete gern das Bild, der Weise war zweifellos Brecht. Wer waren die anderen Gestalten? Musste er – Frisch – sich mit der Rolle des Wächters bescheiden oder stand ihm die des kleinen Dieners zu? Wie wunderbar doch das Gedicht war, das Brecht dazu verfasst hatte.

Ein großes Fenster setzte den Blick auf den See und die Berge frei. Brecht schätzte es allerdings nicht wegen der herrlichen Aussicht, sondern wegen des Lichts, der *Helle*, wie er zu sagen pflegte. Der Natur galt sein Interesse weniger als der Gesellschaft; schließlich galt es diese zu verändern. Das Zimmer ließ Gemütlichkeit nicht aufkommen; die wäre Brecht unerträglich gewesen. Selbst wenn sie in einem Gespräch ansatzweise auftauchte, setzte er ihr ein rasches Ende. Eine gemütliche Unterhaltung wäre ihm als Zeitverschwendung erschienen. Die Einrichtung vermittelte einen provisorischen Eindruck; als ob man alles mit wenigen Griffen in Koffer packen könnte, um den Ort innerhalb kürzester Zeit zu verlassen. Brecht war in der Rolle des Flüchtlings gefangen, *der schon viele Bahnhöfe verlassen hatte, ein Passant unserer Zeit,* während des Exils nirgends auf einen längeren Aufenthalt eingerichtet, *öfter die Länder als die Schuhe wechselnd.* Auch in Herrliberg war er Bewohner nur auf kurze Zeit, sein endgültiges Ziel sollte, und zwar schon bald, Berlin sein. Er saß da mit dem etwas schräg geneigten Kopf, die graue Schirmmütze wie immer in die Stirn gezogen, im Gesicht der wohl bekannte konzentrierte Ausdruck.

Zur Sprache kam Frischs Absicht, der Einladung zum *Congrès Mondial des Intellectuels pour la Paix* nach Wrocław zu folgen. Brecht war an den Verhältnissen in den sozialistischen Länder interessiert, kannte diese aus eigener Erfahrung jedoch nicht. Allerdings schien ihm das, was er über die Situation wusste, Sorgen zu bereiten, zumindest deutete dies sein Gesichtausdruck an. Er zeigte auf das Tischchen vor ihnen, auf dem eine Illustrierte lag:

»Sehen Sie sich das bitte mal an!«

»Was meinen Sie?«

» Schauen Sie mal in den Artikel über Polen ...«

»Ja, ich hab's! Worauf wollen Sie hinaus?«

»Sehen Sie sich die in Schlesien aufgenommenen Bilder mal näher an! Ich befürchte, sie dokumentieren Misshandlungen von Einheimischen an Deutschen!«

»Da könnten Sie Recht haben«, meinte Frisch.

Damit nicht genug, forderte ihn sein Gegenüber auf, der Sache auf den Grund zu gehen:

»Nehmen Sie die Bilder mit und klären Sie das, schließlich werden Sie mit Leuten von der Regierung zusammentreffen. »Finden Sie heraus, ob man diesen Berichten Glauben schenken kann!«

Frisch konnte sich nicht vorstellen, dass die Vertreter der Macht bereit sein würden, bei einem Bankett auf die Anschuldigungen einer Illustrierten einzugehen, und er äußerte sich auch dementsprechend:

»Ich kann doch nicht bei einem Bankett ...« Die Einwände
überzeugten Brecht nicht:

»Fragen kann man immer und wenn die Missstände tatsächlich
zutreffen, muss man etwas dagegen unternehmen.«

Einige Tage später, am 24. August 1948 bestieg Frisch das Flugzeug nach Wrocław mit Neugier und gemischten Gefühlen. Nach
einem späten Essen mit anderen Gästen ergriff ihn ein nicht näher
definierbares, ungutes Gefühl, und er ahnte schon, es würde nicht
gelingen, es einzugrenzen. Am nächsten Morgen schaute er sich
eine Ausstellung über die Polen zugesprochenen Gebiete im
Westen des Landes an. Die überall präsenten Markierungen sollten klarstellen, Schlesien sei schon immer urpolnisches Gebiet
gewesen. Dennoch wirkten sie auf den Schweizer Besucher nicht
unbedingt überzeugend. Dieser Logik folgend, könnte genauso
gut Österreich nach der viele Jahrhunderte andauernden Herr-
schaft der Habsburger Anspruch auf die Zugehörigkeit der
Schweiz erheben. Die Tatsachen, die der Krieg in Polen geschaf-
fen hatte, schienen ihm bei Weitem überzeugender als die
geschichtliche Interpretation. Die Gräueltaten, die Zerstörung und
Plünderung, derer die Deutschen sich schuldig gemacht hatten,
verliehen dem Land jedoch ein Recht auf Wiedergutmachung. Er
fand, die Argumentation sollte sich mehr auf diesen Aspekt
beziehen, als den geschichtlichen Hintergrund zu bemühen. Nicht
als Erster bemerkte er, die Tragödie Polens entspringe seiner geo-
graphische Lage.

Auf dem Kongress waren etwa vierhundert Intellektuelle aus
aller Welt versammelt. Die Eröffnungsrede hielt Fadejew, der
Leiter der Delegation des sowjetischen Schriftstellerverbandes.
Frisch kannte ihn als kompromisslosen Verfechter des sozialistischen Realismus, hatte einige seiner Werke gelesen und schätzte
seinen Dokumentarbericht über Leningrad in den Jahren der Blo-
ckade. Persönlich war er ihm bis dahin nicht begegnet. Fadejew

übte in seiner Ansprache massive Kritik an den versammelten Schriftstellern. Frischs sich selbst vorbehaltener Kommentar lautete: *Wenn er die Schriftsteller kennt, die er im Laufe einer Stunde maßregelt, indem er sie als Hyänen oder Mystiker oder Pornographen anspricht, verfügt er über eine bemerkenswerte Belesenheit.*

Ilja Ehrenburg überschritt die vorgesehene Redezeit um dreißig Minuten, langweilte aber die Zuhörer keineswegs und wurde mit leidenschaftlichem Applaus belohnt. Er war ein begnadeter Redner, der Vergleich mit Danton drängte sich auf. In seiner Ansprache kam Ehrenburg zu dem Schluss, abendländische Musik könne man sich ohne Russland überhaupt nicht vorstellen. Frisch konnte es sehr wohl, fragte sich aber gleichzeitig, was diese Offenbarung mit Frieden, dem eigentlichen Thema der Begegnung zu tun habe.

Während der nächsten Tage bot sich Frisch eine Chance, aufs Land hinauszufahren, um schlesische Landwirtschaftsbetriebe zu besuchen. Vielleicht glaubte er, auf dieser Fahrt der Erledigung von Brechts Auftrag näher zu kommen. Er konnte sich mit eigenen Augen davon überzeugen, wie das Leben außerhalb des Kongresszentrums aussah, was es mit der Vertreibung und Drangsalierung der dagebliebenen Deutschen auf sich hatte, kurz: ein Stück unzensierten Lebens zu Gesicht bekommen. Zunächst besuchte er einen Großgrundbesitz, der nach der Bodenreform von dreißig Familien selbstverwaltet wurde. Ein zerschossener Traktor war vielleicht noch als Ersatzteillager nützlich. Der Mangel an landwirtschaftlichem Gerät ließ sich nicht übersehen, aber es fiel ihm auf, dass die Wohnungen schlicht aber sauber waren. *Halb klösterlich, halb robinsonhaft* dachte er. Nichts davon, was er erfahren hatte, gab Grund zur Besorgnis.

Den größten Eindruck hinterließ bei Frisch die Hauptstadt, *eine Silhouette der Zerstörung, schlimmer als alles, was ich bisher kannte.* Man konnte es nachvollziehen, dass in Polen die Meinungen, ob das völlig zerstörte Warschau Hauptstadt bleiben sollte, geteilt waren. Die Entscheidung fiel zugunsten Warschaus aus, nicht zuletzt, weil es die Absicht der Besatzer war, die Stadt an der Weichsel von der Landkarte zu tilgen. Auf Frisch wirkten die Gesichter der Menschen lebendig und fröhlich, sie vermittelten den Eindruck krampffreier Zuversicht. Essen schien es für alle genug zu geben, in Schaufenstern sah man zwar wenige Güter, die aber mit Geschmack arrangiert.

An einigen Abenden tat er es vielen Hauptstädtern gleich, indem er eine der notdürftig hergerichteten Kellerbars aufsuchte und sich zum Tanzen animieren ließ. *Immer wieder wachsen (ihm) die Städte, es ersetzt sich die Kruste, wo immer sie zerstört ist, und das Lebenwollen findet sich ab, wie immer es aussieht ringsum, es richtet sich ein, es beginnt abermals mit Brücken, Schiffen. Kranen, und solang es keine Häuser gibt, tanzt es im Keller wie hier ...* Dabei fiel ihm die Anmut der tanzenden Paare auf, besonders bei einer Mazurka. Von solchen *Pinten*, wie er sie bei sich nannte, hat er während des kurzen Aufenthaltes mehrere entdeckt. Pure Lebensfreude schlug ihm entgegen, der Kontrast zwischen dem Maß der Zerstörung und der unbändigen Lebensbejahung konnte nicht größer sein. Eines Nachmittags, bei einem vorzüglichen Kaffee am linken Weichselufer bei lauen Sommerwindchen im Schatten der Bäume, kam ihm der Gedanke, dass man hier durchaus leben und arbeiten könnte.

Als Architekt war er an den Einzelheiten des Wiederaufbaus interessiert. Er erfuhr von der Aufhebung des Grundeigentums, die dem modernen Städtebau eine wahre Chance bot. Es bestand keine Gefahr der Vereinheitlichung der Bauvorhaben, denn für alle Projekte wurden öffentliche Wettbewerbe ausgeschrieben.

Frisch besuchte Baustellen, erkundigte sich nach der Schuttmenge und ihrer Bestimmung. In Gesprächen mit Architekten stellte er fest, dass einige von ihnen bei denselben Lehrern wie er studiert hatten, damals zur Zeit ihrer Internierung. Andere wiederum absolvierten ihr Architekturstudium während des Krieges in Frankreich oder England. Ihr Können hielt durchaus Schritt mit den innovativen Ansätzen der Zeit.

Er erinnerte sich daran, was ihn dazu bewogen hatte, sein früheres Germanistikstudium aufzugeben. Die Geisteswissenschaften waren ihm unbefriedigend erschienen, darüber hinaus war er nach dem Tod seines Vaters gezwungen gewesen, für seinen Unterhalt zu sorgen. Er hatte sich als Journalist betätigt, die Reisen hatten ihn mit jedem Artikel weiter in europäische Länder geführt. Als er fünfundzwanzig geworden war und die Absicht hatte zu heiraten, fragte ihn seine Freundin ironisch, ob er nicht vorher noch einen richtigen Beruf erlernen wollte. Da er im Grunde ihre Ansicht teilte, fühlte er sich nicht bevormundet. Es lag nahe, sich für Architektur, die Domäne seines Vaters, zu entscheiden. Ein Freund bot sich an, ihm das Studium an der Eidgenössischen Technischen Hochschule zu finanzieren, was Frisch dazu anhielt, sich ganz dem Studium zu widmen, um das Geschenk nicht zu vergeuden. Seinem Entschluss war die sofortige Verbrennung der früheren Schreibversuche gefolgt.

In Warschau machte sich die Stimmung der Gründerjahre breit. Das Fachgespräch erwies sich wie immer als eine Wohltat. Die Haltung der Städteplaner wirkte durchaus modern, ohne vor Mut und Phantasie zurückzuschrecken. Es gefiel ihm, als ein polnischer Kollege ihm das Modell eines Ministeriums mit der spitzen Bemerkung erklärte, dem Bau der Krankenhäuser sollte Vorrang gebühren. Der Staat eignete sich nicht nur den Boden an, sondern auch die Anmaßung seiner früheren Eigentümer. Frisch war begeistert von der Planung, wünschte der in Ruinen liegenden Stadt von ganzem Herzen eine erfolgreiche Ausführung der geplanten Bauvorhaben. Nur in der Frage, ob die Altstadt, die während des Warschauers Aufstands völlig zerstört worden war, wiederaufgebaut werden sollte, vertrat er die gegenteilige Ansicht. Jahre später musste er eingestehen, dass Patina auch das Neue befiel und ein wissender oder gar unwissender Betrachter keinen Unterschied mehr feststellen konnte. Irgendwo in der zerstörten Stadt entdeckte er ein von der Zeit vergessenes Sträßchen, das in einem ebenso verträumten Gässchen mündete. Eine kleine Lokomotive mit schuttbeladenen Waggons bahnte sich da langsam ihren Weg. Holunder wucherte aus zerstörten Gewölben. An Ständen konnte man frische Blumen kaufen.

Einer seiner ersten Besuche galt dem Warschauer Ghetto. Er war tief ergriffen von der Tragödie des aussichtslosen Kampfes. Zuvor hat er Aufzeichnungen des Brigadeführers Josef Stroop gelesen, der die Vernichtung der Juden befehligt hatte. Die Bestialität und Planmäßigkeit erschütterte jeden Leser, jedoch steigerte das Wissen darum, nun auf dem umkämpften Boden zu stehen, das Entsetzen. Die Hochachtung für die zum Scheitern verurteilten Kämpfer des Ghettoaufstandes ließ sich nicht in Worte fassen. Ein Umstand, der das Gespenstische der Stadt unterstrich.

Auf Staatsbanketts, zu denen er eingeladen wurde, fühlte er sich deplaziert. Zu allem Übel hatte er noch seine schwarzen Schuhe in Breslau vergessen. Da wäre doch die ihm von Brecht zugedachte Aufgabe, zu erfüllen. Er musste sich eingestehen, dass er in dieser Hinsicht gescheitert war.

Sobald Brecht von Frischs Rückkehr erfuhr, rief er ihn an. Schon am nächsten Nachmittag radelte er in der Augusthitze nach Herrliberg, um von seiner Reise zu berichten, wohl ahnend, es würde sich um kein einfaches Gespräch handeln. Die Sonne brannte wie selten, während er die Steigung zu Brechts Wohnung in Angriff nahm. Es galt einiges zu sagen, was Brechts Widerspruchsgeist wecken würde.

Er dachte daran, wie sich die Richtung ihrer Gespräche allmählich verändert hatte. Ihre Diskussionen, die sich in der ersten Zeit ihrer Bekanntschaft als unumgänglich erwiesen hatten, ließen nach. Er selbst war zu ungeschult, um das Interesse an ideologischen Auseinandersetzungen bei seinem Gegenüber wach halten zu können. Der Umgang mit dem Schriftsteller aus dem Nachbarland rief in ihm Begeisterung hervor. Gleichzeitig empfand er ihn als anstrengend, wie wohl jeden Umgang mit einem Überlegenen, anspruchsvoll und erschlagend durch die Schärfe seiner Intelligenz. Brecht bekundete Unverständnis dafür, dass nur wenige seiner Gesprächspartner in der Lehre des Marxismus bewandert und fähig waren, die Dialektik als Instrumentarium einzusetzen. Seine Zeit schien ihm zu kostbar, um ihnen eine Unterweisung in den elementaren Grundbegriffen zu erteilen. Er tat es dennoch, denn ein oberflächliches Gespräch wäre noch unbefriedigender gewesen. Kein Wunder also, dass Brecht sich von Frisch lieber auf Baustellen führen und Konstruktionen erklären ließ, als aus seiner Sicht wenig fruchtbare Diskussionen zu führen. Fachkenntnisse erfüllten ihn mit Respekt, was ihn sogar zu dem Kommentar verführte, Frisch habe einen ehrlichen Beruf ergriffen. Die Worte sprach er allerdings erst aus, als sie nach der Besteigung des zehn Meter hohen Sprungbretts in einem Schwimmbad wieder festen Boden unter den Füßen hatten.

Brecht erschlug Frisch mit seiner Dialektik, Frisch fühlte sich geschlagen, aber nicht überzeugt. Ein Gespräch mit Bertolt Brecht, das ahnte Max Frisch, führte nicht nur ihn, sondern jeden anderen Gesprächspartner auch zwangsläufig an seine Grenzen. Die größte Freude bereiteten ihm Gespräche mit Brecht über Literatur. Er hielt ihn für den Besten der deutschen Sprache und war angenehm überrascht, als Brecht ihm das Werk »Kleines Organon für das Theater«, an dem er in der Züricher Zeit arbeitete, mit der Bitte übergab, es auf seine Verständlichkeit hin zu lesen.

Frisch dachte an die gemeinsam verbrachte Zeit in Zürich, in der sie Arbeitersiedlungen, Krankenhäuser, Schulen, auch das Schwimmbad, an dessen Planung er selbst beteiligt war, besucht hatten. Bei einer dieser Besichtigungen war ein Mitarbeiter der Baubehörde zugegen, der sie mit einem Dienstwagen in die Vororte Zürichs gefahren hatte, um ihnen das Konzept der Arbeitersiedlungen vor Ort zu zeigen. Anfangs schien Brecht verwundert über den Komfort der Drei- bis Vierzimmerwohnungen. Ihr Standard konnte aber die gesellschaftlichen Grundfragen nicht lösen, Brecht fühlte sich zunehmend durch eben diesen angewidert. *Es seien nur Räumchen zur Wiederherstellung der Arbeitskraft.* Für einen gelungenen Neubau fand er die Räume zu klein, gar menschenunwürdig, sie seien nichts anderes als bessere Slums. In einer Küche, in der nichts fehlte, und die man sich kaum großzügiger vorstellen konnte, brach er die Besichtigung ab. Brecht war darüber sehr aufgebracht, dass Arbeiter auf diesen Schwindel reinfielen, das sei nur in der Schweiz möglich, *den Sozialismus zu ersticken durch Komfort für alle.*

Durstig von der Anfahrt kam Frisch in Herrliberg an. Der Gastgeber konnte es kaum abwarten, bis sie die Begrüßungsfloskeln und die Getränkefrage hinter sich hatten. Dann führte er seinen Gast über den Kiesweg auf die Terrasse, wo sie es sich an einem alten Holztisch unter schattenspendenden Bäumen gemütlich machten. Auf dem Tisch standen benutzte Kaffeetassen, von einem früheren Besucher geleert. Frisch wusste, dass Brecht ein guter Zuhörer war, das erleichterte seine Aufgabe.

Er legte sich einen Gesprächsanfang zurecht:

»Übrigens habe ich Anna Seghers getroffen. Ich soll Ihnen herzliche Grüße ausrichten.«

»Wie war ihre Rede?«

»Voller Demut. Sie sagte, sie sei zu dem Kongress gekommen, um zu lernen.«

»Und wie wurde sie aufgenommen?« Brecht machte ein interessiertes Gesicht.

»Ohne großen Eindruck, der Applaus tobte erst, als sie Pablo Nerudas Namen erwähnte.«

Frisch zündete sich eine Zigarette an und fuhr fort:

»Die Spannungen zwischen Ost und West sind keine Auseinandersetzung zwischen unterschiedlichen Gesellschaftssystemen. Die Redner aus slawischen Ländern und die Farbigen aus Afrika, Asien und Südamerika ernteten frenetischen Beifall. Sie sprachen nicht nur das beste Französisch und Englisch, sondern hatten auch wirklich was zu sagen. Sie machten das Unrecht der Kolonialherrschaft in ihren Ländern zum Thema ihrer Reden. Es stellt eine stete Herausforderung dar. Die Verhältnisse müssen sich schnell ändern.«

»Freut mich, dass Sie es endlich erkennen.«, warf Brecht ein und ein herzliches Lächeln erstrahlte über seinem Gesicht.

»Ja. Sie waren die Einzigen, die genau das sagten, was sie meinten. Es war tatsächlich etwas Neues, was man nicht schon früher gelesen hatte. Es geht nicht um Machtspiele. Die Anwesenden reagierten auf die Reden über die Schuld der Kolonialmächte mit überschwänglicher Solidarität, eben weil darin so viel Authentizität lag. Die Ablösung des Imperialismus, ein Aufstand der Völker gegen die Geringschätzung durch die Weißen steht jetzt an.

»Frisch, Sie machen Fortschritte.«

»Ich weiß nicht. Die Intellektuellen haben unweigerlich etwas Komisches an sich, wenn sie in Massen auftreten, diese ausgenommen.«

»Warten Sie. Ich rufe Helli. Sie wird das auch hören wollen.« Er rief ins Haus, aber Helene Weigel erschien nicht.

»Was haben Sie denn über die Übergriffe in Schlesien in Erfahrung gebracht?« In Brechts Stimme schwang unverkennbar Gereiztheit mit.

Bevor Frisch auf diese Frage einging, berichtete er zunächst von den Eindrücken auf seiner Fahrt durch Schlesien. Dabei konzentrierte er sich auf eine sachliche Beschreibung.

Den Auftritten von Fadejew und Ehrenburg maß er grundsätzliche Bedeutung bei und versuchte nicht, seine Kritik zu verbergen. Brecht schien dieser Kritik zuzustimmen; er nickte. Nun erzählte Frisch von seiner zeitweiligen Begleiterin:

»Die Betreuerin, die mir zugeteilt wurde, eine Ärztin, sprach fließend mehrere Sprachen. Ihr Name war Wiska, eine Frau mit einer starken Persönlichkeit. Ich werde sie nicht schnell vergessen, obwohl ich gleichzeitig erleichtert war, als ich sie los geworden bin.«

»Ja, warum denn das?«

»Sie hatte in Spanien gekämpft, dort Verletzte versorgt, dann den Krieg in Frankreich verbracht und nahezu alle ihre Angehörigen verloren. Nach 1945 war die überzeugte Kommunistin mit zwei Kindern nach Warschau zurückgekehrt. Jetzt war es ihre Aufgabe, den ausländischen Besuchern zu beweisen, dass der Eiserne Vorhang nicht existierte. Sie war freundlich, bis zu dem Zeitpunkt, als ich den leisesten Anflug von Kritik äußerte. Es war lediglich die Frage, die ich mir selbst stellte, ob es sich lohne, eine nicht mehr existente Altstadt wiederaufzubauen. Ihre Haltung ist zwar nachvollziehbar, wenn man bedenkt, wie viel getan werden muss und man Zeit für lästige Diskussionen über längst gelöste Fragen vergeudet, aber trotzdem erstirbt dann das Interesse am Gespräch völlig. In der Ablehnung der Kritik schiebt sich eben lautlos der Vorhang zwischen Menschen und Systeme.«

Brecht hörte sich den Bericht mit Aufmerksamkeit an. Er rauchte eine Zigarre und fragte seinen Gast, ob er sein Glas nachfüllen solle. Frisch war ein leichtes Zusammenzucken Brechts bei seiner letzten Feststellung nicht entgangen. Vielleicht hätte es ihm eine Warnung sein sollen. Wiska hätte mit Sicherheit einen guten Eindruck auf Brecht gemacht. Der Gastgeber stand auf und begann auf und ab zu gehen. War es als Zeichen der Nervosität zu deuten? Frisch vermochte es nicht zu sagen.

»Eine tapfere Frau. Natürlich gibt es noch Unausgegorenes, die Zeit drängt. Verstehen Sie es nicht? Gewisse Zustände könnten nicht toleriert werden, das muss sich ändern. Aber, Sie ziehen voreilige Schlüsse, Frisch.«

Es war nicht ganz klar, worauf sich die letzte Behauptung bezog, Frisch hielt es für angebracht, zu protestieren.

»Nein, ich bin auch Menschen voller Offenheit und Lebendigkeit begegnet. In Polen habe ich mehr von ihnen zu Gesicht bekommen als hier in Zürich. Man braucht sich bloß in den inmitten von Ruinen notdürftig eingerichteten Lokalen umzusehen. Die Lebensfreude der tanzenden Paare ist nicht zu übersehen. Freude am Tanz, am Essen, an Gesprächen nachts wie tagsüber bei der Arbeit. Das überzeugt mich.«

»Schön und gut, aber wie konnten Sie es bei all den Empfängen versäumen, offen die wichtigsten Fragen zu stellen?«

Wie sollte er Brecht erklären, keinem begegnet zu sein, dem er hätte Fragen stellen können? Sie wären ohnehin ohne Antwort geblieben, er wäre der Wahrheit kein Stück näher gekommen.

Wieder rief Brecht Helene Weigel in der Absicht, sie an den Neuigkeiten teilhaben zu lassen. »Helli, das wird dich interessieren. Würdest du bitte kommen?« Wie immer sprach er sie mit auffallender Höflichkeit an, die aber nicht auf Distanz hinzudeuten schien.

Erst etwa eine halbe Stunde später setzte sie sich zu ihnen. Sie sah müde aus, vielleicht machte ihr die Hitze zu schaffen. Frisch fuhr in seinem Bericht fort, musste einiges von dem, was ihr entgangen war, wiederholen. Es war ein wenig lästig, wieder konnte er sich eines unguten Gefühls nicht erwehren. Während er seine Erzählung fortsetzte, unterbrach ihn Brecht mit einer Geste.

»Ja, aber die wichtigste Sache haben Sie nicht geklärt. Wie kann das sein, dass Sie nichts erfahren haben? Das ist nicht nachvollziehbar.«

Frisch stand auf – nun standen beide –, um besser miteinander reden zu können. Eine merkwürdige Haltung inmitten von Stühlen. Es fiel ihm erneut auf, dass Brecht trotz seiner Zurückhaltung gern gestikulierte. Eine kaum angedeutete wegwerfende Bewegung der Hand, Innehalten mitten in einem Satz, Ironie, ein sprödes, ironisches Lachen oder angedeutetes Staunen ergänzten das Gesagte und betonten die geistige Haltung. Jetzt war er ungehalten, er erhob seine Stimme. Einen Moment lang glaubte der Schweizer, wenn auf dem Tisch etwas weniger Zerbrechliches als Glas und Porzellan gestanden hätte, hätte Brecht damit nach ihm geworfen.

Auch Helene Weigel fiel in den Ton ein: »Haben Sie wirklich nicht verstanden, welche Bedeutung die Sache hat? Da hatten Sie nun die Chance und haben Sie nicht genützt. Sie waren vor Ort, fehlte es Ihnen an Verstand oder an Mut, die Machthaber zu verärgern?«

Das saß. Er lief rot an. Von nun an nahm das Gespräch eine merkwürdige Wende. Das Paar, einig in seiner Ablehnung, präsentierte für alles, was der Augenzeuge berichtete, eine gegensätzliche Erklärung, die im vorwurfsvollen, belehrenden Ton auf ihn niederprasselte. Zum ersten Mal sah Frisch Helene Weigel streitsüchtig, von ihrem Wiener Charme blieb nichts mehr übrig. In dem Gespräch im blühenden Garten bemerkte er an ihr einen dogmatischen, verbitterten Zug, den er nicht kannte. Ob es an der langen Zeit des Exils in den USA lag, in der sie nur an der Seite des Meisters gelebt hatte und ihrem Beruf nicht hatte nachgehen können? Ihre tiefe Stimme erschütterte ihn immer stärker. Brecht schaute ihn aus den hinter der Brille versteckten Augen an. Er war wie verwandelt, das Zuhören hatte ein Ende genommen, jetzt folgte der Vortrag. Eine rauschhafte Erregung elektrisierte die Luft in ihrer Nähe. Seine Gesprächspartner steigerten sich gegenseitig immer weiter in der Verurteilung seiner Person. Brecht war zu dem Zeitpunkt nicht mehr ungehalten über Fadejew, sondern über den Berichterstatter. Sein Blick flatterte, die Ungeduld machte ihn verlegen. Maßregelungen hagelten hernieder wie ein Gewitter. Die gegen den Gast gerichteten Anschuldigungen bewegten sich nicht im Bereich der Spekulation, sie nahmen eine massive Gestalt an und rückten in die Nähe von inquisitorischer Gewissheit. Zornig unternahm Frisch Versuche, seinen Standpunkt zu erklären, die jedoch erfolglos blieben. Nichts lag näher als ein rascher Abschied.

Ich saß in einer Prüfung, um durchzufallen – dachte der Besucher. Unterrichtet darüber, was in Polen vorging, nahm ich mein Fahrrad.

Wörtliche Zitate (im Text kursiv); entnommen aus:

Max Frisch, Die Tagebücher 1946-1949 und 1966-1971, Frankfurt am Main 1983.

Weitere Literatur:

Kesting, Marianne, Brecht, Hamburg 1959.

Völker, Klaus, Bertolt Brecht. Eine Biographie, München Wien 1976.

Fuegi, John, Brecht & Co., Hamburg 1997.

Bert(olt) Brecht – deutscher Dramatiker, Lyriker, geboren 10. 2. 1898 Augsburg, gestorben 14. 8. 1956 Berlin, Vater Direktor einer Papierfabrik; 1917 Studium der Literatur, der Naturwissenschaften und Medizin in München, Herbst 1918 Sanitätssoldat im Militärlazarett; 1919 Fortsetzung des Studiums, dann ab 1920 Dramaturg an den Münchner Kammerspielen; 1924 Übersiedlung nach Berlin, zeitweilig Dramaturg bei Max Reinhardt am Deutschen Theater in Berlin. 1928/29 Besuch der Marxistischen Arbeiterschule und Studium des Marxismus. 1933 Flucht über Prag nach Wien, dann über die Schweiz und Frankreich nach Dänemark (Svendborg). 1936-39 Mitherausgeber der in Moskau erscheinenden Zeitschrift. ›Das Wort‹ mit L. Feuchtwanger und W. Bredel; schrieb gleichzeitig 1934-39 satirische Gedichte für den Deutschen Freiheitssender. 1940 Flucht über Schweden nach Finnland, 1941 über Moskau u. Wladiwostok nach Kalifornien. In den USA wurde er 1947 vor das Komitee für unamerikanische Tätigkeiten geladen, danach reiste er sofort ab. Er zog nach Zürich, wo er Max Frisch kennen lernte, 1948 nach Ost-Berlin. Dort war er

Regisseur und Begründer des von seiner Frau Helene Weigel geleiteten ›Berliner Ensembles‹ (Brecht-Ensembles). Weltweite Gastspiele des Berliner Ensembles machten Brecht zum Klassiker der Moderne.

Im August 1948 betrat Brecht in Begleitung von Max Frisch nach fünfzehn Jahren erstmals deutschen Boden, um sich in Konstanz ein Theaterstück anzusehen. Frisch erinnert sich: »Nach der Aufführung verbreitete sich Brecht über deutsches Bier, das nachweislich das beste Bier sei.«

Erst hinter der Schweizer Grenze sagte Brecht: »Hier muß man ja wieder ganz von vorne anfangen!« Zwei Monate später siedelte er von Zürich nach Ost-Berlin um.

WERKE (Auswahl): Baal, Drama, 1922; Trommeln in der Nacht, Drama, 1922; Dreigroschenoper, Oper (1928, nach J. Gay); Aufstieg und Fall der Stadt Mahagonny, Oper 1929 (n. 1987); Der Jasager und Der Neinsager, Lehrstück. (1930); Die heilige Johanna der Schlachthöfe, Drama, (1932); Die Gewehre der Frau Carrar, Drama, 1937; Svendborger Gedichte, 1939; Mutter Courage und ihre Kinder, Tragödie (1941); Der aufhaltsame Aufstieg des Arturo Ui, Drama (1941); Leben des Galilei, Drama (1943); Der gute Mensch von Sezuan, Furcht und Elend des Dritten Reiches, Szenen 1945; Herr Puntila und sein Knecht Matti, Drama 1948; Der kaukasische Kreidekreis, Drama (1949); Die Tage der Kommune, Drama (1949); Hundert Gedichte, 1951; Lieder und Gesänge, 1957; Schriften zum Theater, 1957; Geschichten von Herrn Keuner, Lehrstücke 1958; Flüchtlingsgespräche, Dialoge 1961.

Max Frisch – Schweizer Schriftsteller Dramatiker und Erzähler, geboren am 15.05.1911 in Zürich, gestorben ebenda am 04.04.1991, Sohn eines Architekten, studierte 1931-33 Germanistik in Zürich, nach dem Studienabbruch war er als freier Journalist tätig, schrieb Reiseberichte aus den Balkanstaaten und der Türkei; in den Jahren 1936-1941 Studium der Architektur an der ETH Zürich, in den Jahren 1940-55 unterhielt er ein Architekturbüro in seiner Geburtsstadt. Nach Kriegsende unternahm er Reisen nach Polen, Deutschland, Italien, Frankreich; in den Jahren 1951-52 eine Studienreise nach Amerika und Mexiko, von 1955 bis 1961 lebte er als freier Schriftsteller in Zürich, bis 1969 in Rom, dann in Berzona/Tessin und Küsnacht. 1969 Heirat; 1970 längerer Aufenthalt in New York. Seine Theaterstücke gehören zu den meistgespielten deutschsprachigen Dramen des 20. Jahrhunderts.

WERKE (Auswahl): Blätter aus dem Brotsack, Tagebuch. 1940; Tagebuch mit Marion, 1947; Tagebuch 1946-1949, 1950; Don Juan oder Die Liebe zur Geometrie, Drama. 1953; Stiller, Roman 1954; Herr Biedermann und die Brandstifter, Hörspiel 1956; Homo Faber, Roman 1957; Andorra, Drama 1961; Mein Name sei Gantenbein, Roman; Erinnerungen an Brecht, 1968; Wilhelm Tell für die Schule, Erzählung 1971; Tagebuch 1966-71, 1972; Montauk, Erzählung 1975; Triptychon, Szenen. 1978; Der Mensch erscheint im Holozän, Erzählung; 1979; Forderungen des Tages, Essays und Reden 1983; Die Tagebücher, 1983.

Beginn einer Freundschaft
Nâzım Hikmet begegnet Pablo Neruda, Ost-Berlin, 1951
Von Sabine Adatepe

Rauchverbot. Pah! Nicht Heiserkeit noch Stechen in der Brust hielten ihn ab von diesem Stückchen Lebenselixier. Was in den langen Gefängnisjahren unendlich scheinende Stunden überbrücken geholfen hatte, konnte auch in der neu gewonnenen Freiheit nicht gleich und gar gänzlich aufgegeben werden. So hielt er auf dem Treppenabsatz kurz inne, um sich eine Zigarette anzuzünden. Das Rauchen gehörte zu ihm wie der blond flammende Haarschopf und das stete Lächeln. Eine Hand in der Tasche seiner ausgebeulten Cordhose, die andere in ruhigen Abständen mit der Zigarette zum Munde führend, stieg er die breite Hoteltreppe hinunter.

»Der türkische Dichter kommt«, hörte er es wie ein Raunen vom Zimmermädchen bis zum Rezepzionisten. Sein Portrait war in allen Zeitungen gewesen, auch außerhalb des Hotels erkannte man ihn auf Schritt und Tritt. Kaum hatte er die letzte Stufe erreicht, nahm ein junger Pionier seinen Arm. »Bitte, Genosse Hikmet, der Wagen wartet schon.«

Nâzım Hikmet lächelte. Hier war er Genosse und mehr als wohl gelitten. Wie lange war es her, dass er verzweifelt seinen Hungerstreik abgebrochen hatte, überzeugt, weder diese Aktion noch die internationale Kampagne zu seiner Freilassung würde je Früchte tragen? Dann war plötzlich alles sehr schnell gegangen. In der Türkei sollte ein neues Parlament gewählt werden, dazu gab es Wahlversprechen und als spezielles »Geschenk« zum Regierungsantritt der Wahlsiegerin eine Generalamnestie, mit der nach dreizehn Jahren Haft auch er freigekommen war. Zur Übergabe des Friedenspreises 1950 in Moskau hatte er nicht ausreisen dürfen. Da war sein chilenischer Kollege Pablo Neruda eingesprungen und hatte mit seinem eigenen auch stellvertretend für

den geschundenen türkischen Dichter den Preis entgegengenommen. Nun, ein Jahr später, waren beide in Berlin zu Gast bei den
III. Weltfestspielen der Jugend. Am Vortag, bei der Eröffnungs-
veranstaltung im Walter-Ulbricht-Stadion hatten sie nebeneinan-
der auf der Ehrentribüne gesessen, begeistert die jungen Leute aus
allen sozialistischen Ländern beobachtet und sogleich die Seelen-
verwandtschaft in innige Freundschaft verwandelt.

Doch nun drängte der junge Berliner zum Wagen. In rascher
Fahrt ging es ins Aufnahmestudio des Rundfunks. Der Dichter
sprach über seine Flucht aus der Türkei, Hals über Kopf auf
einem Ruderboot über das Schwarze Meer, erst wenige Wochen
zuvor.

Endlich war der Redakteur zufrieden. Nun wurde der Dichter
zum Intendanten beordert. Händeschütteln, große Worte von Ehre
und unverbrüchlicher Freundschaft und die Einladung, eine Serie
von Sendungen zu übernehmen. Als Mann spontaner Entschlüsse
– solange sie seinen Prinzipien entsprachen – krempelte Hikmet
sogleich die Ärmel hoch, um an Ort und Stelle über Einzelheiten
zu verhandeln. Doch, erfahren im Umgang mit ihren bürokrati-
schen Vorgesetzten, drängte die Dolmetscherin freundlich aber
bestimmt zum Aufbruch. Noch an der Tür übermittelte sie dem
Dichter Grüße von Neruda, der sein Pflichtprogramm bei Rund-
funk und Parteikadern bereits absolviert hatte. Hikmet hatte seinen Gruß an die Teilnehmer des Festivals vom Vortage gehört
und war hingerissen von dem Pathos dieser Friedensbotschaft,
auch wenn er kein Wort verstanden und sich nur grobe Züge hatte
übersetzen lassen.

Seine Miene hellte sich auf. Leicht irritiert von dem doch
etwas abrupten Ende des Gesprächs mit dem Intendanten, mochte
er sich den Kopf an einem solch schönen Tag nicht über launige
Bürokraten zerbrechen. »Wo hast du ihn gesehen, Genossin?«
fragte er die Dolmetscherin. Statt zu antworten, lächelte sie spitz-
bübisch: »Er erwartet Sie. Wir fahren Sie gleich hin!«

Von Weitem schon erkannte er ihn. Die unvermeidliche Schirmmütze, ein leichter Pullover über dem Hemd trotz der Augustwärme und im Mundwinkel die Pfeife. Die großen, klugen Augen auf zwei junge Mädchen gerichtet, die ihm am Tisch gegenübersaßen und aufgeregt auf ihn einsprachen. Ein leichtes Schmunzeln um den Mund. Als Hikmet heran war, erhob sich der Chilene und umarmte ihn freudig: »Merhaba, kardaş!«

Hikmet lachte: »Du lernst noch Türkisch, bevor ich einen Satz auf Spanisch zustande bringe, hermano querido!« Schon hatte jemand einen Stuhl herangezogen und die Freunde hatten keine Augen und Ohren mehr für all die jugendlichen Bewunderer rings umher. Hikmet beglückwünschte den großen Chilenen zu der gelungenen Rundfunkansprache.

»Exil, mein Freund«, erwiderte Neruda bedächtig, »ist wie ein neues Gefühl für Heimat.«

»Heimat als Exil, warum nicht?« stimmte Hikmet zu. »Vielleicht ein schaler Geschmack auf der Zunge, wenn man zulange auf diesem Wort herumkaut. Doch ohne den dumpfen, den fauligen Gestank der Kerker. Aber«, unterbrach er sich mit einem Lachen, »lass uns nicht vom Exil reden. Wes täglich Brot es ist, der redet doch viel lieber von der Heimat. Das Land, seine Menschen, seine Bäume, seine Wasser ...«

»Der Bosporus lässt dich nicht los. So geht es uns allen, die wir das Meer kennen. Wenn ich an Valparaiso denke ...«

»Fallen dir zuerst die Frauen ein!« lachte Hikmet.

Neruda nickte: »Frauen, ja, aber vor allem doch das Meer und die Treppen. Unten beginnend und oben. *Sie winden sich steigend. Werden fein wie ein Haar, gewähren kurz Rast, sind steil. Werden seekrank, stürzen vornüber. Breiten sich aus, weichen zurück, enden nie ...* Sag mal, ist das in deinem Istanbul nicht sehr ähnlich?«

»Die Stadt auf sieben Hügeln. Treppen, ja. Doch es sind mehr die Füße, die mir im Gedächtnis haften, in ausgetretenen Latschen oder auf Hochglanz polierten Lackschuhen ...«

»*Wie viele Jahrhunderte von Schritten, treppauf, treppab, mit dem Buch, den Tomaten, dem Fisch, den Flaschen dem Wein?*«

»Die schönste der Treppen ist jene, die wir noch nicht bestiegen haben ...« Hikmet lachte, um gleich darauf der Sehnsucht Raum zu geben. Der Sehnsucht nach all den Orten, an denen er nicht mehr sein durfte.

»Vor den Moscheen riecht man förmlich die Erwartung der Füße, gleich von dem beengenden Schuhwerk befreit zu werden, um einzutreten in den kühlen weiten Raum mit verblichenen Teppichen auf Fliesen, Ziegeln oder einfach nur Lehm ...« Sinnend hob er den Kopf. Sein Lächeln war einer fast schwermütigen Melancholie gewichen.

Neruda legte ihm die Hand auf die Schulter und winkte mit der anderen der Bedienung: »Ein Bier für meinen Bruder!«

»Weißt du,«, hob Hikmet wieder an, »meine Albträume wollen mir weismachen, dass ich all dies nie wieder sehe ...«

Jetzt war es an Neruda zu lächeln. »Der Mensch muss in seinem Vaterlande leben. Sicher. Entwurzelung bewirkt immer Lähmung. Doch du hast den Stift, du hast deinen Kopf beisammen. Gleich mir. Niemand kann uns je verbieten, unsere Gedanken an all die Orte wandern zu lassen, von denen uns Tausende von Kilometern und physisch unüberwindbare Grenzen trennen. Lass die Sonne blühen über allen Treppen!«

»Welch ein Titel für ein Gedicht! Zwei alte Männer im Exil schwärmen von Hoffnung und Heimat ... Pablo, Bruder, du denkst und schreibst auf Spanisch, ich auf Türkisch – und doch sind unsere Gedanken sich so nah, ja selbst die Verse unserer Dichtung scheinen verwandt.«

Neruda schmunzelte bei diesen Worten, nahm die längst geleerte Tasse in die Linke und drehte sie hin und her. Melancholie klang in seiner Stimme mit, als er sprach: »Eluard. Unser lieber Paul Eluard ...«

»Aber Genossen«, mischte sich die Dolmetscherin ein, »das leuchtende Vorbild Ihrer Dichtung ist doch zweifelsohne Majakowski, Wladimir Wladimirowitsch, nicht wahr?«

Erschreckt schauten die beiden Dichter die junge Frau an. Sie hatten Französisch miteinander gesprochen, was die meisten der auf große Worte und Gesten der berühmten Männer erpichten jungen Leute längst vertrieben hatte. In Erinnerungen an verwandtes Erleben und das gemeinsame Vorbild hatten die beiden Literaten vergessen, dass sie nicht allein hier saßen. Ja, dass ihre Worte von vielen – mit Wohlgefallen von den einen und Missbilligung von den anderen – geradezu aufgesogen wurden, um Stoff für spätere Erzählungen über die persönliche Begegnung mit den renommierten Männern abzugeben. Die Dolmetscherin hatte sie ins Hier und Jetzt zurückgeholt.

Die Dichter schraken auf. Der Einklang ihrer Sinne war gestört, der Moment der brüderlichen Entrückung verflogen.

»Oh, ja, nun, Majakowski«, gab Neruda zu. »Er gab unseren Zeilen einst die Richtung und uns den Mut zum Experiment.«

Hikmet nickte: »Ja, seine Erben sind wir in gewisser Hinsicht schon. Doch ich glaube, postum ist er eher das Beispiel einer kühnen menschlichen Tat. Inhaltlich aber unterscheidet sich unser Weg doch erheblich von dem seinen ...«

»Sie beide, Genossen«, schaltete sich wieder die Dolmetscherin ein, »Sie sind würdige Nachfolger eines leider in Unwürde abgetretenen vielversprechenden Talents.«

Die Bedienung trat mit einem Glas Bier heran. Hikmet stand auf, trank in großen, hastigen Schlucken. Erstaunt fragte Neruda ihn nach dem Grund der plötzlichen Eile. Der türkische Dichter wischte sich den Schaum von den Lippen.

»Zwei Wettkämpfe noch heute Nachmittag, da kann ich doch nicht fehlen. Da hinten kommt schon die Delegation! Und sie haben wieder Blumen dabei! Diese wunderbare Jugend!«

Die Melancholie war verflogen, neidlos betrachteten die beiden Dichter in den besten Jahren die kleine Gruppe junger Menschen, die rasch näher kam.

»Morgen Abend im Johanneshof, auf der Terrasse. Abgemacht?«

Der Chilene nahm gern Hikmets ausgestreckte Hand und schüttelte sie warmherzig.

Pablo Neruda begab sich schon früh auf die Terrasse des neu errichteten Hotels. Er liebte das ruhige Gespräch mit Jung und Alt. Ein Blick in die Runde zeigte ihm rasch, Hikmet war noch nicht eingetroffen. Doch da saß schon der Bulgare Bojilow. Der stand auch gleich auf, als er den Chilenen kommen sah, bat ihn zu sich an den Tisch.

»Genosse, du bist mit Nâzım verabredet, ich weiß. Er ist noch nicht von der Siegesfeier der vietnamesischen Delegation zurück. Tut mir sehr leid.«

»Ach, lass nur«, beschwichtigte ihn Neruda. »Wie lange hat er im Kerker gesessen, Jahrzehnte! Er braucht die Bewegung, hat Nachholbedarf noch für einige Jahre. Dann wird er ganz von selbst zur Ruhe kommen.«

Kaum hatte Neruda sich Wein bestellt, trat auch schon der große Türke auf die Terrasse. Von überallher kamen Handzeichen. Er winkte zurück, beugte sich hier und da zu einem der Sitzenden, kam aber zielstrebig zu Bojilow und Neruda herüber. Noch halb in der Umarmung lachte er:

»Bruder, erst jetzt verstehe ich, was du mir gleich am ersten Tag über Berlin erzählt hast!«

Auch Bojilow lachte, doch Neruda blickte etwas verwirrt von einem zum anderen.

»Wie glücklich du über die deutsche Jugend hier im Osten bist, aber wie abscheulich dir der Westen aufstößt ... Erinnerst du dich?«

»Ja, sicher«, nickte Neruda nun. Hikmet hatte inzwischen Platz genommen. »Wie begeistert ich von den Jungen und Mädchen war, die mir noch im Zug Sträuße weißen und lilafarbenen Flieders überreichten. Wie sie mich den Anblick der Trümmer vergessen machten. Natürlich erinnere ich mich, ich erfreue mich ja immer wieder an diesem Erwachen hier im Osten.«

»Siehst du, und jetzt verstehe ich, warum du so scharf zwischen Ost- und West-Berlin scheidest«, lachte Hikmet wieder. Er zwinkerte Bolijow zu, der ebenfalls lachte.

»Wir waren drüben, gestern Abend!«

»So? Und was ist daran so zum Lachen? Ich fand es eher zum Weinen, wenn ich in allen Ecken und Winkeln die nordamerikanischen Besatzungssoldaten erblickte, wenn ich sah, wie junge deutsche Frauen mit ihnen flirteten, die ohnehin kurzen Röcke schürzten, als ginge es um ihr Leben ... Oder die Plakate für Coca-Cola, für Marlboro!«

»Ach, natürlich, du hast ja Recht. Bruder Bojidar, willst du ihm nicht von unserem Abenteuer erzählen?«

Der junge bulgarische Schriftsteller Bojidar Bojilow strahlte, dass sein großes Vorbild ihm den Vortritt ließ.

»Also, er wollte unbedingt in ein Luxus-Hotel im Westen«, wandte er sich an Neruda. »Ich besorgte also einen Wagen, und zwar einen BMW, und wir fuhren los. Wir bekamen einen Platz direkt an der Tanzfläche dieses Symbols westlicher Dekadenz.«

»Na, na«, hakte Hikmet ein. »Die Damen haben dir ja wohl nicht gar so schlecht gefallen!«

»Nun ja ...«, Bolijow wand sich verlegen.

»Jedenfalls hast du die Journalistin gleich zum Tanzen aufgefordert, kaum dass sie an unserem Tisch war!«

»Ja, und du hast die Zeit genutzt, dich mit ihren männlichen Begleitern zu streiten!«

»Streit?« fragte Neruda bestürzt.

»Ich weiß auch nicht, wie es dazu kam. Wir hatten kaum drei Sätze gewechselt, sie hatten mir noch ein Kompliment über mein Französisch gemacht, dem ich irgendwie ironisch begegnet sein muss. Jedenfalls haben wir uns nicht über diese Frau gestritten, das ist mal klar.«

»Noch mit der Frau im Arm sah ich, wie die Stimmung sich aufheizte. TÜRKISCHER DICHTER IN WEST-BERLIN VER-HAFTET ... so oder ähnlich malte ich mir schon die Schlagzeilen des nächsten Tages aus. Also setzte ich mich gar nicht erst wieder hin, sondern zahlte und ...«

»Was heißt hier ›zahlte‹? Du hast ein paar Scheine aus der Hosentasche gezogen und auf den Tisch geworfen. Ich hatte kaum die Zeit, mich zu wundern, wie du dazu kamst, soviel Geld mit dir herumzutragen, da hattest du mich schon am Ärmel gepackt. Ich bin ja Frauen gegenüber ungern unhöflich, wie du weißt«, wandte Hikmet sich an Neruda, der still nickte, noch immer nicht begreifend, was an diesem Ausflug so lustig gewesen sein sollte.

»Bojidar ließ mir nicht mal die Gelegenheit, mich von der Dame zu verabschieden.«

»Dame? Journalistin war sie, Schmierenkomödiantin!«

»Sag nur, du hast ihr beim Tanzen die Visitenkarte abgenommen!«

»Das nicht, aber hatten sie nicht gleich die US-Polizei gerufen?!«

»Polizei?« Neruda beugte sich vor.

»MP stand auf ihren Mützen. Doch es war nur eine Streife, die keinen Wagen dabei hatte. Es dauerte ein paar Minuten, bis sie uns mit einem Wagen verfolgen konnten. Unser bulgarischer Freund hier erwies sich als versierter Wagenlenker. Er stieg gleich aufs Gaspedal, als die Scheinwerfer hinter uns gefährlich näher rückten.« Lachend unterbrach er sich.

»Einen Meter hinter der Grenze blieben wir stehen«, ergänzte nun wieder Bojilow, »Nâzım war ganz ruhig. Das kleine Abenteuer gefiel ihm.«

»Na klar, ich jage ja schließlich nicht täglich im BMW durch West-Berlin!« gab Hikmet zu.

»Aber dass du den Leuten dann gleich erzählen musstest, wer du bist ...«

Neruda schüttelte den Kopf: »Ich dachte, ihr hattet sie abgehängt?«

»Nein, der Spaß bestand ja darin, ihnen auf sicherem Territorium zu begegnen. Auf Ost-Berliner Gebiet hatten wir nichts mehr zu befürchten«, erklärte Hikmet.

»Und da habe ich ihnen dann noch gesagt, sie hätten alles Recht, uns nachzujagen, ich sei ja der türkische Dichter Nâzım Hikmet.«

Neruda schlug sich auf die Schenkel. Nun lachte auch er.

»Also ich fand das nicht so spaßig«, warf Bojilow ein. »Ich hab' Nâzım lieber wieder ins Auto genötigt und bin ohne große Diskussionen hierher zurück gefahren.«

»Was wollten die denn eigentlich von euch?«

»Wenn wir das wüssten ...«

»Ja, da Nâzım sich so exponieren musste, hatten wir leider keine Gelegenheit zu erfahren, warum sie uns eigentlich verfolgt hatten.«

Hikmet lachte: »Sagen wir lieber, da du es mit der Angst zu tun gekriegt und mich gleich wieder ins Auto gezerrt hast, hatte ich leider keine Chance, die Antwort auf meine diesbezügliche Frage zu hören. Denn ich wollte doch gern wissen, warum die Journalisten, denn es waren ja Presseleute, mit denen ich mich da am Tisch gestritten hatte, warum also sie die MP verständigt hatten ... Aber im Endeffekt war es doch ein lustiges Abenteuer!«

»Ja«, meinte Neruda bedächtig. »Es passt zu deinem unbändigen Bewegungsdrang ...«

»Apropos Bewegung – was haltet ihr von einem kleinen Ortswechsel? Heute Abend veranstaltet der rumänische Studentenverband noch eine kleine Feier.« Bolijow schaute auf die Armbanduhr. »Da sind wir sicher noch gern gesehen. Wollt ihr?«

Die drei Männer des Wortes ließen sich einen Wagen kommen und fuhren neuen aufregenden Begegnungen entgegen.

Beim Abschied in Berlin einige Tage später schenkte Nâzım Hikmet dem chilenischen Freund seine mit russischer Folklorestickerei verzierte Hemdbluse, der sie später einmal zum Gegenstand eines Gedichtes über den türkischen Kollegen machen sollte. Diese Tage in Berlin legten den Grundstein für eine tiefe Freundschaft, die jäh beendet wurde durch Hikmets Tod im Juni 1963 in Moskau. Nerudas poetischer Nachruf in *El Siglio* endet mit den Zeilen:

Gracias por lo que fuiste y por el fuego
que tu canción dejó para siempre encendido.
Danke für das, was du warst, und für das Feuer,
das dein Gesang für immer entzündet hat.

W ö r t l i c h e Z i t a t e (im Text kursiv); entnommen aus:

Pablo Neruda: Ich bekenne, ich habe gelebt (Übers. v. Curt Meyer-Clason). Frankfurt a. M. 1989.

N â z ı m H i k m e t – türkischer Schriftsteller, v.a. als Lyriker bekannt; 20.01.1902 Saloniki - 03.06.1963 Moskau; Sohn eines Beamten, Besuch der Kadettenanstalt in Istanbul, 1921-28 Studium in der UdSSR, seit 1924 Mitglied in der illegalen türkischen KP, nach seiner Rückkehr in die Türkei mehrfach wegen kommunistischer Agitation inhaftiert, 1937 zu 28 Jahren Gefängnis verurteilt, 1950 amnestiert. Seit 1951 Exil in der UdSSR und Reisen als Botschafter des Weltfriedensrates in die ganze Welt. – Seine ursprünglich traditionelle und patriotische Lyrik wandelte sich in den 20er Jahren. Aufnahme von Jargon-Ausdrücken. Erstmaliger Einsatz des freien Verses in der türkischen Lyrik. Starke politisch-agitatorische Inhalte in der Exilzeit.

WERKE (Auswahl): 835 Satır, Gedichte 1929; 1 + 1 = Bir, Gedichte 1930; Sesini Kaybeden Şehir, Gedichte 1931; Unutulan Adam, Schauspiel 1935 (Von allen vergessen, dt. 1960); Legenda o ljuby, Schauspiel Moskau 1948 (Legende von der Liebe/Josef in Egyptenland, dt. 1961); Memleketimden Insan Manzaraları, 1966-67 (Menschenlandschaften, dt. 1978-89); Son Şiirler, Gedichte 1970 (Und im Licht mein Herz, dt. 1971).

P a b l o   N e r u d a – (eigentlich: Neftalí Ricardo Reyes Basoalto, nannte sich nach dem tschechischen Dichter Jan Neruda), chilenischer Dichter, 12.07.1904 Parral - 23.09.1973 Santiago de Chile; Sohn eines Lokomotivführers und einer Lehrerin, begann früh zu dichten; Französisch-Studium; von 1927-1943 mit Unterbrechungen Konsul u.a. in Rangun, Colombo, Buenos Aires, Barcelona, Madrid, Paris, Mexiko; Übersetzer aus verschiedenen Sprachen; 1936 Rückkehr nach Chile; kommunistischer Politiker; nach dem Verbot der KP ein Jahr im Untergrund, dann bis 1952 meist in West- und Ost-Europa; Präsidentschaftskandidat der KP; viele Auszeichnungen, 1971 Nobelpreis; 1971 Botschafter in Paris; 1973 Rücktritt wegen Krankheit; starb wenige Tage nach dem Sturz der Volksfront des Präsidenten Allende, mit dem er befreundet war.

WERKE (Auswahl): La canción de la fiesta, Gedichte 1921; Veinte poemas de amor y una canción desesperada, Gedichte 1924 (dt. 1958); El habitan te y su esperanza, Prosa 1926 (dt. 1978); España en el corazón, Gedichte 1937 (dt. 1956); Canto general, Gedichte 1950 (Der große Gesang, dt. 1953); Estravagario, Gedichte 1958 (Extravaganzbrevier, dt. 1967; Ausw. 1971); Una casa en la arena, Prosa 1966; El mar y las campanas, Gedichte 1973; Confieso, que he vivido, Memoiren 1974 (dt. 1974).

Himmelfahrt
Paul Celan begegnet Nelly Sachs, Zürich 1960
Von Andreas Erdmann

Ein Märchen hier«, schrieb die Dichterin am Himmelfahrtstag 1960 gleich nach ihrer Ankunft in der Schweiz: »*Alles in herrlichster Harmonie …*«, notierte sie auf ihrem Zimmer im Zürcher Hotel »Zum Storchen«. Dann hielt sie kurz inne und seufzte – schrieb weiter: »*Wie soll ich das nur fassen, alles nach so viel Dunkelheit*«.

Die Frau legte nun den Stift aus der Hand. Sie hob ihren Blick vom Bogen Papier und lächelte, als sie den Riesenstrauß Rosen auf dem Tisch bemerkte. Nach der Landung in Zürich war dieser ihr in der Halle des Flughafens auf zwei winzigen, wackligen Beinen entgegengelaufen. – »Seit wann können Rosen denn laufen?« dachte sie, da tönte aus dem leuchtenden Rot ein feines Stimmchen: »Bonjour, madame!«

Es war Eric, der kleine Sohn von Paul und Gisèle, der ihr den Strauß überreichte: »S'il vous plâit, madame!« lachte das Kind sie an. Die Frau beugte sich hinunter, um ihm den duftenden, blühenden Berg – »Oh merci beaucoup, kleiner Mann!« – aus den Ärmchen zu pflücken.

»Hmmm, die riechen ja wunderbar!« sagte sie und sog den Duft in sich auf und erblickte durch die Blüten hindurch die Mutter des Jungen:

»Bonjour Gisèle!« rief sie aus: »Ist es wahr? Ich kann es kaum glauben. Ihr seid wahrhaftig aus Paris angereist?«

»Oui, par le train«, sagte Gisèle und begrüßte sie mit einem zauberhaften Lächeln. In dem Augenblick gewahrte sie Paul: Er eilte ihr entgegen und empfing sie mit Küssen auf beide Wangen und den Worten: »O Nelly, endlich sehe ich dich, meine geliebte Schwester!«

»Paul, mein geliebter Bruder!« – Sie streckte sich dem Mann
entgegen, der vom Alter her ihr Sohn hätte sein können: »Men-
schenskind, bist du groß!« sagte sie erstaunt, »so groß hab ich mir
dich gar nicht vorgestellt. Vor dir bin ja ich ein kleines Persön-
chen.«

»Aber Nelly«, erwiderte er, »mir scheint, du bist die Größere
von uns beiden. Als Lyrikerin bist du riesig und überragst mich
sicher bei Weitem!«

»Paul, du scherzt«, lachte sie und war zugleich zu Tränen
gerührt, Paul Celan, den verehrten Dichter nach sieben langen
Jahren des Briefwechsels heute zum ersten Mal persönlich zu
treffen: War es ein Traum? Oder war Paul wirklich mit seiner
jungen Familie aus Frankreich gekommen, genau so wie er es ihr
in seinem letzten Brief mitgeteilt hatte? – Nein, das muss ein
Traum sein, dachte die Frau, als ihr von Freudentränen ver-
schwommener Blick auch noch Max Frisch erspähte. Der
Schweizer Schriftsteller tauchte überraschend aus der Menge auf,
um die Dichterin in seiner Heimat willkommen zu heißen.

Tok. Tok. Tok! pochte es plötzlich von draußen an die Tür: Tok.
Tok. – und noch einmal: Tok!

»Ja, bitte?« Die Frau im Hotelzimmer löste den Blick von den
Blumen, drehte sich von dem Tisch weg und wiederholte ein
wenig lauter: »Ja, bitte!?«

»Entschuldigen Sie die Störung, Frau Sachs!« sagte der Page,
der seinen Kopf zur Tür hereinschob: »Ein junger Herr erwartet
Sie im Entree.«

»Ach!?« bemerkte sie, »ist es schon so spät?« – Sie sah auf
ihre Uhr – und erschrak: »Wie schnell verfliegt doch die Zeit!«

»Der Herr sagt, er sei mit Ihnen verabredet.«

»Herrje!« Sie erhob sich mit einem Ruck aus dem Lehnstuhl
und sagte: »Würden Sie Herrn Celan bitte ausrichten, dass ich im
Nu herunterkomme.«

»Selbstverständlich, Frau Sachs!«

»Ich danke Ihnen!«

Der Page schloss die Tür hinter sich. Und die Frau durchquerte mit raschen Schritten das Zimmer; sie trat an die Garderobe, nahm Mantel und Hut und bekleidete sich. Dann warf sie einen flüchtigen Blick in den Spiegel und meinte: »Gut schaust du aus! Dabei ging's dir heute früh noch so schlecht ...« – Dann griff sie nach ihrer Handtasche und wollte den Raum schon verlassen. Da kehrte sie noch einmal um und trat an den Tisch. Sie stützte sich auf, neigte sich über die Tischfläche und schloss für einen Moment die Augen. Sie schöpfte tief Atem – und atmete Rosen.

»Du, verzeih!« rief sie aus und eilte dem Mann in der Vorhalle entgegen: »Ich komme zu spät zu unserem ersten Treffen zu zweit!«

»Aber Schwesterchen, die paar Minuten ...«, entgegnete Paul, »immerhin haben wir sieben Jahre lang auf diese Begegnung gewartet.«

»Tja«, seufzte sie und blieb vor ihm stehen.

»Gisèle lässt dich grüßen. Sie ist mit dem Kleinen unterwegs, um ihm die Alpen zu zeigen.«

»Deine Frau ist reizend«, erwiderte Nelly, »und der kleine Eric so allerliebst. Nachdem er mich mit den Rosen begrüßte, hab ich den Kummer von heute früh fast vergessen.«

»Welchen Kummer?«

»Hach, nichts!« winkte sie ab und lächelte befangen, »nur eine Belanglosigkeit, überhaupt nicht der Rede wert ...« Sie trat an Pauls Seite, hakte sich bei ihm ein und fragte freundlich scherzend: »Sag mal, was stehen wir eigentlich hier in der Hotelhalle rum?«

»Gehen wir hinunter zum See?«

»Ja, es ist bestimmt ein schöner Ort für unseren ersten Spaziergang«, sagte sie. Gemeinsam verließen sie das Hotel und traten Schulter an Schulter in den hellen Tag.

»Welch ein herrlicher Tag!« strahlte Nelly.

»Ja«, sagte Paul. Sie schlenderten ein Stück weit die Straße entlang, bogen dann rechterhand in den Weg zum Seeufer ein. Kaum sahen sie in einiger Ferne zwischen den Häuserzeilen das leuchtend blaue Wasser aufblitzen, stoppte Paul.

»Was ist mit dir?« fragte Nelly.

»Mir geht seit vorhin eine Frage im Kopf herum. Du sagtest etwas von einem Kummer, den du heute früh –«

»Nein, frag mich nicht«, fiel sie ihm ins Wort, »es war eine Kleinigkeit, im Grunde nichts.«

»Na, dann kannst du's mir ja erzählen.«

»Paul, ich wollte es dir gegenüber gar nicht erwähnen ...«

»Schwesterchen, komm, heraus mit der Sprache!«

»Tja, weißt du«, setzte sie an, »ich war halt bis zuletzt in großer Sorge vor dieser Reise. Und heute früh, als ich in Stockholm den Flieger bestieg, war ich dermaßen in Panik, dass ich auf der Gangway gleich wieder umkehren wollte.«

»Du hast immer noch solche Scheu vor dem Fliegen?«

»Na ja«, fuhr die Frau fort, »der Steward der schwedischen Luftlinie hat mich sehr nett betreut. Und kaum in der Luft habe ich mich ein wenig beruhigen können. Dann aber«, sagte sie, schluckte kurz, sprach weiter, »flogen wir geradewegs über Deutschland ...« Sie verstummte.

»Es tut mir Leid«, tröstete Paul und nahm ihre Hand. Nelly sah zu Boden, und er glaubte auf einmal, ein leises Schluchzen zu hören. Gleich darauf schaute sie auf und sagte: »Komm! Komm, gehen wir weiter!«

»Ja, aber –«

»Komm, weiter! Stehen wir nicht wie angewurzelt auf dem Bürgersteig herum, die Passanten werden schon neugierig.«

Sie setzten ihren Weg fort. Und die fremde und doch so vertraute Frau an seiner Seite drehte ihren Kopf, sah über die eigene Schulter hinweg und zu Paul hinauf:

»Trotz allem ...«, sagte sie, und ihr Gesicht hellte sich auf, als ihre Blicke sich trafen: »Trotz allem, mein Bruder, dies ist ein herrlicher Tag!«

Sie erreichten den See. Hier verlor sich der Pfad allmählich am Ufer und die beiden hielten an einer steinigen Kante und standen so ehrfürchtig still, als befänden sie sich am Ende der Welt. Sie verspürten nur mehr den Hauch eines leise wispernden Windes im Nacken und zu ihren Füßen erstreckte sich weithin die schillernde, schaukelnde Fläche des Wassers.

Stumm waren sie, stumm wie die Fische. Plötzlich flüsterte die Frau in die Stille hinein:

»Gehen wir weiter?«

»Ja, gehen wir!«

Da lösten sie sich, traten zurück auf den Weg und gingen ein Stück weit am Ufer entlang, bis zur Mündung der Limmat. Sie behielten den Zürcher See wohl im Rücken und wanderten flussaufwärts. Dabei ließen sie den Blick über die flimmernden Wasser der Limmat schweifen und hinüber zum jenseitigen Ufer, wo hoch über den Häusern mit ihren verschachtelten Dächern das in seiner Größe gewaltig wirkende Münster von Zürich emporragte. Die beiden gigantischen Türme des Münsters stachen ins himmlische Blau hinein, welches zum Horizont hin von Gelb ins Rötliche verschwamm und mit einem Mal golden aufschimmerte.

»Schau, welch ein Glanz!« rief Paul aus. Und urplötzlich zuckten sie beide zusammen, hielten auf dem Fuße und sahen sich geblendet von einem hellen, ja grellen, fast schon gleißenden Licht. Da schob Paul die Hand vor seine Augen, spähte zwischen zwei Fingern hindurch und sah hoch über dem flackernden Fluss, wie ein Feuer zwischen den Türmen des Münsters aufstrahlte:

»Nelly!« rief er, »siehst du den Stern? Siehst du ihn?«

»Oh ja, ich sehe unseren Stern!« entgegnete sie mit festem Blick zur sinkenden Sonne, deren Strahlen sich an den Spitzen der Türme brachen. Ihr ›Sonnenstern‹ neigte sich seinem Untergang zu und tauchte das Zürcher Münster in ein glänzendes Gold. Und der ganze gewaltige Kirchbau schien sich über die leuchtenden Wasser der Limmat hinweg zu erheben und wie losgelöst in den Lüften zu schweben, als sei er vollständig aus Licht. Und alles Strahlen ergoss sich nur so aus seiner himmlischen Tiefe und flammte in feurig roten Farben den Himmel herauf und herüber. Und dann erschraken die Dichter zutiefst, wie sie bemerkten, dass sie gar nicht zum Firmament empor, sondern von oben hinunter, hinab und hinein in die himmlischen Gründe blickten. Sie sahen sich beide in schwindelnder Höhe, hoch droben am Ufer über der Lichtflut in der Tiefe dastehen. Und Oben war Unten. Und Unten war Oben.

»Omeingott!« entfuhr es Nelly. »Die Welt steht auf dem Kopf und wir, du und ich, Paul, wir stehen im Himmel!«

»Welch ein Wunder! Ein Himmelfahrtswunder!« sprach Paul zu Nelly, als sie sich kurze Zeit später auf einer Bank am Ufer niederließen.

»Ja«, stimmte Nelly ihm zu: »Zeit meines Lebens werde ich das nicht vergessen. Es ist wunderbar, ein solches Erlebnis mit dir teilen zu dürfen ... nach all dem, was geschehen ist ...«

»Was meinst du?«

»Na, du weißt schon. Ein jedes Wort darüber wäre zu viel.«

»Zu viel ... oder zu wenig«, sagte Paul nachdenklich.

Sie sagte nichts, lehnte an seiner Schulter und schaute hinaus in das allmählich verglimmende Abendrot. Hier und dort sah man kleine Pünktchen von Lichtern aufblitzen. Nicht lange, und es kam ihr so vor, als würde die Nacht sie aus tausend und abertausend Augen anblinzeln: Sterne, Sterne, überall Sterne. Und von den Bergen her war der Mond aufgestiegen, und seine silberne Sichel schien ihr greifbar nahe.

»Nelly!?« sagte Paul. »Was ist? Du zitterst ja, ist dir kalt? Willst du zum Hotel zurückgehen?«

Sie schüttelte den Kopf und sagte: »Nein, nein. Ich fürchte, es geht wieder los ...«

Paul legte besorgt seinen Arm um ihre Schulter und fragte: »Ist es sehr schlimm?«

»Furchtbar!« gab sie zurück: »Ich habe dir ja von all dem geschrieben ...«

»Vielleicht hättest du nicht in die Schweiz kommen sollen.«

»Vielleicht«, meinte sie. »Du weißt ja, mein Arzt in Stockholm hat mich von Anfang an vor der Reise gewarnt und mir geraten, den Droste-Preis nicht persönlich entgegen zu nehmen.«

»Ja«, sagte Paul nur und drückte sie sacht. Dann strich er ihr über das Haar.

»Danke. Es geht mir schon besser, das Zittern lässt nach«, sagte sie und schöpfte Luft. »Kein Wunder, dass es so kommt«, fuhr sie fort, »immerhin habe ich, wie du weißt, seit zwei Jahrzehnten kein Land deutscher Sprache mehr betreten ...«

»Ja, ich weiß.« Paul nickte.

»Seit damals, seit meiner Flucht aus Berlin, als ich den Häschern in letzter Minute entkam, bin ich nicht von dem Leiden genesen. Im Gegenteil – in der letzten Zeit ist es immer schlimmer geworden. Seit mich aus der Bundesrepublik die Nachricht von der Ergreifung jenes gewissen Herrn Adolf Eichmann erreichte, ist es nahezu unerträglich.«

»O Schwester!!«

»Immer wieder diese Angst! Die schreienden Stimmen der Kinder und Frauen in meinem Kopf! Und dazu dieses entsetzliche

Brüllen der Menschenschlächter aus Deutschland ... Paul, Paul, es hört nie mehr auf!«

»Beruhige dich, Nelly! Eines Tages wird es aufhören! Warte erst einmal den Droste-Preis ab ...«

»Ich fürchte mich so vor der Preisverleihung drüben in Meersburg. Sie verlangten sogar von mir, in jener Stadt zu übernachten. Dabei ist es mir unmöglich, noch einmal – und sei es auch nur ein einziges Mal – die Nacht auf deutschem Boden zu verbringen! Es wäre mein Tod!«

»Darum sind wir hier in der Schweiz, meine Liebe.« Paul neigte sich ihr zu, nahm ihre Hand in die seinige und sagte: »Schau, wir übernachten in Zürich und werden dann in drei Tagen gemeinsam mit einem Schiff über den Bodensee nach Meersburg übersetzen. Die Überfahrt wird am neunundzwanzigsten sein. Heute schreiben wir ja erst den sechsundzwanzigsten Mai, Zeit genug, uns vorzubereiten.«

»Tja, heute–«, sagte sie und hielt inne. Paul hörte auf einmal Nellys Schluchzen.

»Was ist mit ›heute‹?« fragte er leise.

»Heute ist Himmelfahrt!« schluchzte sie auf. »Die Menschheit feiert die Himmelfahrt Christi«, sagte sie und rang mit den Tränen: »Und weißt du, mich erinnert der heutige Tag an eine ganz andere Himmelfahrt ... Damals ... ja, damals ... da sah ich ... Ich sah den Leib Israels ... sah den Leib Israels hoch in den Lüften ... hoch in den Lüften sah ich ihn, sah ihn im Rauch über dem Lager ... im schwelenden Rauch aus dem Schornstein heraus zum Himmel auffahren ... Mit eigenen Augen sah ich es – und ich hörte es: Eine Himmelfahrt aus Schreien.«

W ö r t l i c h e Z i t a t e (im Text kursiv) entnommen aus:
John Felstiner: Paul Celan – Eine Biografie. München 2000.

P a u l C e l a n – (eig. Paul Anczel), 23.11.1920 Czernowitz/ Bukowina - Ende April 1970 Paris (Freitod); Sohn deutscher Eltern, 1938 Studium der Medizin, später Romanistik in Paris, Tours und Czernowitz, 1942/43 Arbeitslager in Rumänien, 1945 Verlagslektor in Rumänien, 1947 Flucht über Wien nach Paris, wo er ab 1948 lebt und Germanistik und Sprachwissenschaften studiert; Tätigkeit als Sprachlehrer, Übersetzer und Dozent; schwere psychische Krankheit. – Bedeutender Lyriker unter Einfluss des Symbolismus und Surrealismus; streng gefügte, bilderreiche Verse mit schwermütiger Melodie; berühmt geworden mit dem 1952 erschienen Gedichtband, der die *Todesfuge* enthält, in der Auschwitz thematisiert wird.

WERKE (Auswahl): Der Sand aus den Urnen, Gedichte 1948; Mohn und Gedächtnis, Gedichte 1952; Sprachgitter, Gedichte 1959; Die Niemandsrose, Gedichte 1963; Atemwende, Gedichte 1967; Fadensonnen, Gedichte 1968; Lichtzwang, Gedichte 1970; Schneepart, Gedichte 1970.

N e l l y S a c h s – 10.12.1891 Berlin - 12.5.1970 Stockholm; 1940 Flucht nach Schweden, wo sie fortan lebt; 1966 Nobelpreis für Literatur (gemeinsam mit S. J. Agnon). – Ihre Lyrik steht im Zeichen der Verbundenheit mit dem Schicksal des jüdischen Volkes; herbe, bilderreiche Verse im freien Rhythmus.

WERKE (Auswahl): Legenden und Erzählungen, 1921; In den Wohnungen des Todes, Gedichte 1947; Sternverdunkelung, Gedichte 1949; Und niemand weiß weiter, Gedichte 1957; Flucht und Verwandlung, Gedichte 1959; Fahrt ins Staublose, Ges. Gedichte 1961; Zeichen im Sand, Dramen 1962; Glühende Rätsel, Gedichte 1964; Späte Gedichte, 1965; Die Suchende, Gedichte 1966; Verzauberung, Draman 1970; Suche nach Lebenden, Gedichte 1971; Teile dich Nacht, Gedichte 1971.

Der Schlaganfall
Jane Bowles begegnet Allen Ginsberg, Tanger, 1957
Von Johanna Cosma

Als das Telefon klingelt, hebt die schlanke Frau sofort ab. Nein, ihr Mann, Paul Bowles, sei nicht im Hause, er sei überhaupt nicht in der Stadt, sondern auf Reisen. Jetzt stellt sich der Anrufer der Frau vor:

»Allen Ginsberg, der Bop-Poet«. Jane, die Frau am Hörer, ist irritiert. Sie hakt nach, was für ein Poet er sei. Der Anrufer wiederholt diese Bezeichnung. Janes Irritation hat nur halb mit dem ihr unbekannten Anrufer und dem ebenfalls unvertrauten Begriff ›Bop‹ zu tun. Seit Tagen schon steht sie irgendwie neben sich. Sie versucht sich zu sammeln, zu erinnern. Doch bei aller Konzentration, einen Menschen dieses Namens kennt sie bestimmt nicht. Noch bevor sie sich wirklich gefangen hat, fängt der Anrufer mit einem seltsamen »Kennen Sie«-Spiel an:

»Kennen Sie Philip Lamantia?« fragt er.

»Nein«, sagt Jane. Der Anrufer spricht schon weiter, Lamantia sei ein Dichter und als solcher sehr »hip«, seit er dreizehn war, habe er geschrieben, »und er hatte gerade eine Peyotl-Vision in Mexiko«.

»Ah ja«, sagt Jane.

»Ehrlich, es war eine wirkliche Vision, und nun ist er Katholik.«

»Ah ja«, sagt Jane.

»Kennen Sie Charles Henri Ford?«

»Ja, weil er alt ist«, sagt Jane.

»Gut, nehmen Sie nicht Tag und Nacht majoun?«*

»Ich hasse all das, und ich bin sicher, Sie sollten mich nicht treffen.«

»Gut, was ist mit Zen?«

Jane denkt: ›Das muss die Zen-Buddhismus-Bebop-Jesus-Christus-Peyotl-Gruppe sein‹

Dann fragt der Anrufer, ob sie an Gott glaube. Jane antwortet, das werde sie ganz bestimmt nicht am Telefon diskutieren. Dass der Anrufer bei Bill anzutreffen sei, erfährt sie noch. Bevor Bills Gast sie auch noch fragen kann: »Kennen Sie Bill Burroughs?« ist das Gespräch für sie beendet. Jane ist jetzt wirklich ungehalten. Ein Verrückter, denkt sie. Haben die Leute nicht Besseres zu tun, als bei ihr anzurufen und sie mit ihren Dummheiten zu belästigen. Bevor sie sich ernsthaft von dem Telefonat die Laune verderben lässt, versucht sie das Geschehene ein wenig zurecht und in den Hintergrund zu rücken. Sie greift sich in die kurzen, hoch aufgestellten, hennaroten Haare und denkt – einem tiefer liegenden Gedanken lässt sie keine Chance, ins Bewusstsein vorzudringen – ihre schlechte Stimmung könnte vielleicht auch mit dem Fasten zusammenhängen. Wie ihre Umgebung, wie das ganze Land fastet sie während des Tages. Es herrscht Ramadan in der islamischen Welt, in Arabien. Das ist nicht anders im arabischen Westen, im Maghreb, in dieser herrlichen, auf sanften Hügeln gelegenen Stadt: Tanger.

Allmählich ahnt sie, woher dieses Gefühl kommt, nicht bei sich zu sein. Es hat mit dem Fasten absolut nichts zu tun, sie fastet gern. Auch ohne den Glauben an Allah stellt sich bald ein Gefühl der Reinigung ein, das sie genießt. Und plötzlich, ohne jegliche Vorwarnung ist jener Gedanke doch da: Ihr Unzufriedenheit mit sich und der ganzen Welt hängt mit dem Anfall zusammen, den sie vor wenigen Tagen erlitt. Mehr als vor diesem Ereignis wünscht sie sich Paul, *ihren* Paul herbei. Sie erwartet sehnsüchtig seine Rückkehr aus Ceylon. Wenn sie richtig liegt, müsste er sich eigentlich schon auf den Rückweg gemacht haben. Irgendwo im Indischen Ozean an der afrikanischen Ostküste wird er sein. Natürlich, sie lächelt in sich hinein, sie liebt ihn immer noch. Lange schon haben sie die Intimität eines gemeinsamen

Sexuallebens aufgegeben, die geistige Nähe dagegen könnte nicht größer sein; Paul hat es einmal so ausgedrückt: *»Taprobane war nicht Taprobane – ohne dich!«* Nun hat er die kleine, bei Ceylon gelegene Insel wieder verkauft. Oh ja, sie liebt ihn sehr, obwohl er sie furchtbar nerven kann. Was haben sie sich schon gestritten! Was sie am wenigsten erträgt, sind seine Vorwürfe, sie trinke zu viel. Eine schwere Trinkerin sei sie. Das ist doch eine maßlose Übertreibung! Doch ihre Wut weicht gleich wieder einer weichen Empfindung. Sie fühlt sich Paul von neuem ganz nah. Wie jungenhaft er manchmal wirkt, mit seinem blonden Kurzhaarschnitt!

Plötzlich muss sie an diese Behinderungen denken. Als ob sie nicht schon genug geschlagen wäre mit ihrem steifen Bein, das sie ein wenig hinterher schleift seit jenem Reitunfall in ihrer Jugend, den sie tief in ihrem Innersten vergraben hat. Jetzt muss sie sich auch noch mit dieser Sehstörung abplagen! Die Ärzte meinten, es würde besser werden. Doch es wird nicht besser. Und plötzlich befällt sie die blanke Panik. Nie mehr wieder richtig sehen können! Nie mehr schreiben können! Nie mehr richtig sprechen können! So sehr wünscht sie sich ihren Paul herbei. Er würde Rat wissen. Es wird schwer werden, aber sie muss sich noch einige Zeit, vielleicht Wochen gedulden. Nicht, dass sie gerne mitgefahren wäre, aber bei dem Gedanken, dass er seinen geliebten Ahmed mit auf die Reise genommen hat, kann sie einen Anflug von Eifersucht nur schwer unterdrücken. Ahmed Yacoubi, der Maler, dessen erzählerische Qualitäten Paul jetzt auch noch zutage fördert. Nachdem sie beide Ahmed als Maler unterstützt haben, nimmt Paul jüngst seine Erzählungen auf Band auf, um sie später transkribieren zu können. Wenn sie sich vorstellt, welchen Stellenwert dieser Ahmed für Paul gewonnen hat! Dabei war er nicht mal zwanzig, als Paul ihn in Fes kennen lernte. Jane ist ein ums andere Mal erleichtert, Cherifa an ihrer Seite zu haben.

Die junge einheimische Frau, die wie Ahmed weder lesen noch schreiben kann, bedeutet für Jane weit mehr als die Haushaltshilfe, als die sie ursprünglich angestellt worden ist. Freunde von Jane behaupten, die Beziehung sei nur zu Beginn eine sexuelle gewesen, jetzt habe sie mehr den Charakter einer Mutter-Tochter-Bindung angenommen. Offensichtlich nehme die Amerikanerin die Mutterrolle ein. In dieser ist sie auch bereit so manche Laune von Cherifa hinzunehmen. Bewusste Freunde schütteln den Kopf, sie empfinden die Marokkanerin mitunter als geradezu dreist in ihren Ansprüchen.

Vielleicht sind es auch dieselben Freunde, die im Anschluss an das Ereignis, das vor Kurzem, an einem der ersten Tage im April des Jahres 1957 stattfand, eine ungeheuerliche Anschuldigung aussprechen.

Jener Schlaganfall von Jane, der zunächst zu Gehirnblutungen und im Anschluss daran zu einer massiven Sehbehinderung und im Weiteren zu Aphasie, einer merkwürdigen Sprechbehinderung führte – Jane bringt Gegensatzpaare wie *dick* und *dünn*, *hell* und *dunkel* in der Anwendung durcheinander –, sei von Cherifa durch Gift herbeigeführt worden. Reine Habgier habe Cherifa zu diesem verhängnisvollen Mittel verleitet. Da Geld nicht mehr zu holen war bei der 40-jährigen Amerikanerin, habe sie es auf ihr im Stadtteil Amrah gelegenes Haus abgesehen. Was die Ankläger dabei zu vergessen scheinen: Jane überschrieb das Haus bereits im letzten Jahr an Cherifa, nachdem Paul es seinerseits ihr übertragen hatte. Im Übrigen ein kleiner Verlust, da Jane und Paul das Wohnen im Einheimischen-Viertel Amrah längst nicht mehr als sicher ansahen.

Aber all das zählt für Jane nicht. Sie ist dankbar, Cherifa bei sich zu haben, gerade jetzt, wo sie befürchten muss, die Arbeit an ihrem Roman *Out in the World* nie wieder aufnehmen zu können. Sie denkt an Andrew und Tommy, die beiden Hauptfiguren, wie an enge persönliche Freunde. Dabei sind sie eigentlich noch viel mehr als das. Einerseits stellen sie eine Entsprechung des Paares Paul und Ahmed dar, andererseits spiegelt sich in ihnen auch ihre eigene Beziehung zu Cherifa wider. Plötzlich verspürt sie eine unbändige Lust, weiter an dem Roman zu arbeiten. Ohne Voranmeldung kommt in diesem Moment Cherifa herein und bittet Jane, »unbedingt« zu kommen, um einen Streit zwischen den Angestellten zu schlichten. Jane steht stöhnend auf. ›Du lässt dich zu leicht ablenken‹, denkt sie noch. Aber sie weiß, in Wahrheit ist dies nicht ihr eigener, sondern Pauls Gedanke.

Wenige Wochen noch, bis Paul zurückkehrt, aber sie erscheinen Jane endlos. Verkürzt wird die Wartezeit durch einen Brief, den Paul in Nairobi aufgegeben hat. Ihr nächstes Ziel, schreibt er, sei Mombasa und er habe nicht mit einem neuen Buch begonnen, aber die beiden Erzählungen, die er unterwegs geschrieben habe, seien untergebracht und würden veröffentlicht. Der Brief schließt mit Grüßen von Ahmed. Ein willkommener Trost ist dieses Lebenszeichen von Paul, doch dann, endlich, kommt er selbst an. Und obschon sie während seiner Abwesenheit nicht allein war, sie hatte neben Cherifa Freunde, die sich um sie bemühten, sich gemeinsam mit ihr Sorgen um ihren Zustand machten, ist es mit Paul etwas anderes. Blickt sie ihm in die Augen, erkennt sie nicht in erster Linie Mitleid, das bei den Freunden vorherrschende Gefühl, sondern sieht die unzerstörbare Nähe. Eine Nähe, die auch Abhängigkeit bedeutet; selbst wenn er es wollte, könnte er sie nicht verlassen und schon gar nicht in einer solchen Situation.

Die Nähe zu Paul erspart ihr nicht sein Bohren, seine Fragen bezüglich des Anfalls. Seine Sorge um sie überschattet die Wiedersehensfreude. Sie erkennt bald Pauls Vermutung, ihr Anfall könne mit dem Genuss von *majoun* zu tun haben. Ob Cherifa ihr an jenem Tag welches angeboten habe. Jane verneint dies. Damit ist das Thema abgeschlossen und Paul beschließt sofort, obwohl er wenig Lust dazu verspürt: »Wir müssen nach London, du musst von den besten Spezialisten untersucht werden!«

Nur wenige Tage sind seit seiner Rückkehr vergangen, aber natürlich ist Paul über die Sachlage in der Stadt bestens informiert. Er weiß um die politischen Schwierigkeiten. Für die Ausländer wird es immer schwieriger, in dieser ehemals freien Stadt zu leben, die den Status einer ›Internationalen Zone‹ innehatte. Seit der Erlangung der nationalen Unabhängigkeit und ihrer Eingliederung ins marokkanische Territorium im vergangenen Jahr ist sie im Grunde nicht mehr zur Ruhe gekommen, und es scheint, als würden die Bewohner Tangers den Fremden in ihrer Stadt Tag für Tag feindlicher gegenüber treten. Dabei lieben die Fremden diese wunderschöne, weiße Stadt mit ihren vielen überdachten Straßen und Gassen, mit den versteckten Terrassen, auf die man jederzeit unvermutet stoßen kann und die einen überwältigenden Blick auf den Hafen und das Meer frei geben. Welche Möglichkeit bleibt den Fremden? Sie rücken noch enger zusammen als bisher.

Jane erzählt Paul von Bills Besuch. Aber Paul scheint schon Näheres zu wissen. Einen Tag bevor Jack Kerouac, der zuvor in dem abgetrennten Hotelbereich bei Bill einquartiert war, Tanger verließ, seien die neuen Gäste eingetroffen. Paul erzählt nun seinerseits Jane von ihnen. Dass Ginsberg und Peter Orlowsky in die Fußstapfen von Jack Kerouac treten, indem sie Bill bei seinen Manuskriptarbeiten helfen. Das sei doch wirklich sehr entgegenkommend von ihnen, fügt er hinzu. Natürlich hat er den Misston in Janes Erzählung vom Anruf des »Bop-Poeten« nicht überhören können.

»Ich mag diesen Allen nicht besonders.« Damit ist für Jane das Thema vom Tisch.

»Aber du kommst doch morgen Abend trotzdem rüber, selbst wenn ich ihn zusammen mit den anderen einlade?!« Paul lächelt. Jane sagt nichts.

Am nächsten Abend wechselt Jane hinüber in Pauls Appartement. Viele der gemeinsamen Freunde sind schon da. Ein lautes Hallo allerorten, das gleich wieder der ruhigen, von indischer Musik untermalten und von Haschischdämpfen geschwängerten

Stimmung weicht. Jane lässt sich einen Drink geben und setzt sich. Sie sieht Paul zu, wie er mit ruhiger Hand einen riesigen Joint baut, diesen dann anraucht und weiterreicht. Sie schließt die Augen. Doch bevor sie entschweben kann, kommen neue Gäste herein. Es ist Bill mit seinen neuen Mitbewohnern, die er vorstellt. Die meisten scheinen Peter und Allen jedoch bereits zu kennen, so bleibt es beim üblichen kurzen Hallo. Selbstverständlich werden sie auch Jane vorgestellt. Doch die flüchtet zunächst einmal zu einem ihrer engeren Freunde. Innerlich muss sie sich eingestehen, dass dieser »Bop-Poet« eigentlich recht sympathisch wirkt. Seine dicke Brille gibt ihm vielleicht eine Spur zu viel intellektuellen Touch mit, aber sein Lächeln ist offen und gewinnend. Auch mag er ein paar Pfunde zu viel mit sich herumtragen, die können aber längst nicht seine Elefant-im-Porzellanladen-Taktik erklären, mit der er Janes Nähe zu gewinnen sucht.

Für einen Moment sitzt Jane alleine neben Bill. Ganz unvermittelt denkt sie: ›Tarzan und Jane‹. Wegen seiner Namensgleichheit mit Edgar Rice Burroughs wird Bill manchmal von seinen Freunden liebevoll als ›Tarzan‹ gehänselt. Als sie in diesem Moment bewussten Allen herüberschielen sieht, denkt sie:

›Um Himmels willen, wenn der meine Gedanken lesen kann, wird er sich den Kalauer von »Tarzan und Jane« nicht verkneifen können.‹. Tatsächlich kommt Allen auch auf sie zu, sie erschrickt regelrecht und wie auf Verabredung, steht Bill unvermittelt auf. Sie sieht sich mit Allen allein. Nach kleinem Vorgeplänkel gelingt es Allen, dem Jane es alles andere als leicht macht, eine lockere Unterhaltung mit ihr in Gang zu bringen. Noch haben sie wenig Gemeinsames außerhalb der Literatur entdeckt. Allen bleibt auf diesem Feld. Er bringt die Rede auf den dichtenden Landsmann William Carlos Williams. Von Williams' »wilden Metaphern« spricht er, von den »ganz unglaublichen Assoziationen«, die er, Allen, so liebe, »... aber nun ... « Allen macht eine überlange Pause. Jane durchschaut seinen billigen Kniff, Aufmerksamkeit zu erringen und möchte ihm auf keinen Fall den Gefallen tun, seine Absicht erreicht zu haben. Aber es ist zu spät. Sein Lächeln allerdings ist schmal genug, um Jane mild zu stimmen. Sie hört einfach nur zu. Ob sie schon von den »mächtigen Schwierigkeiten« gehört habe? fragt Allen. Jane schüttelt den Kopf, sieht Allen an. Sein Lächeln ist vollständig verschwunden, als er ganz unschuldig fortfährt, »... nachdem Williams einen Schlaganfall hatte ...« Jane versucht ihr Gegenüber zu fixieren, doch ihr Blick entgleitet ihr, findet keinen Halt. Wie durch eine Wand hört sie:

»... fortan gewaltige Probleme ...« Sie versucht sich am Hals des Pferdes festzuklammern ... sie rutscht, » ... kann er die einfachsten Sätze nicht ...«, sie fällt, » ... und mit dem Schreiben ist es ganz vorbei.«

---

* Eine dicke Paste aus Haschisch, Datteln und Honig.

Jane wird sich von dem ersten Schlaganfall nicht mehr wirklich erholen. Sie ist fortan auch nicht mehr in der Lage, ernsthaft zu schreiben. Ihr kleines Werk genießt hohe Anerkennung in der literarischen Welt. Nach erneuten kleineren Anfällen verbleibt Jane schließlich 1967 stationär in verschiedenen Kliniken in Malaga, Spanien, wo sie 1973 auch stirbt.

Wörtliche Zitate (im Text kursiv) entnommen aus:
Ted Morgan: Literary Outlaw. The Life and Times of William S. Burroughs. New York 1988.

Weitere Literatur:
Millicent Dillon: A Little Original Sin. The Life and Work of Jane Bowles. New York 1981.
Hans-Christian Kirsch: Dies Land ist unser. Die Beat-Poeten William S. Burroughs, Allen Ginsberg, Jack Kerouac. München 1993.

J a n e   B o w l e s – us-amerikanische Schriftstellerin; geboren am 22.02.1917 als Tochter von Sidney Auer und Claire Stajer Auer in New York. 1931 Sturz vom Pferd, wobei sie sich das Bein bricht. 1932-34 Behandlung einer Knie-Tuberkulose in der Schweiz. 1934 zurück in New York. 1935 letzte Operation des Kniegelenks, das steif bleibt. 1938 Heirat mit Paul Bowles. 1943 wird der Roman *Two Serious Ladies* (Zwei sehr ernsthafte Damen) publiziert. 1948 lässt sie sich in Marokko nieder.

WERKE (Auswahl): Two Serious Ladies, Roman 1943; In the Summer House, Schauspiel 1954; The Collected Works of Jane Bowles 1966.

A l l e n   G i n s b e r g – us-amerikanischer Lyriker, 1926-1997, Studium an der Columbia Universität, Gelegenheitsarbeiten u. Reisen in den USA, Mexiko und Europa; bedeutender Vertreter der sog. Beat-Generation, Bewusstseinsexperimente mit Drogen. Das epische Gedicht *Howl* handelt von der Zerstörung des Menschen durch die Technik der Massengesellschaft und den Experimenten mit Drogen zur Erkenntnis einer metaphysischen Wirklichkeit. Einsatz von Bildern im Beat-Rhythmus.

WERKE (Auswahl): Howl and Other Poems, 1956; The Yage Letters, Briefe 1963 (gemeinsam mit William S. Burroughs; Planet News, Gedichte 1968; Indian Journals, 1970; The Fall of America, Gedichte; First Blues, Gedichte 1975; Poems All Over the Place, 1978; Straight Hearts' Delight, Gedichte u. Briefe (gemeinsam mit Peter Orlowsky).

Spätsommer 1969, Los Angeles, Kalifornien. Im Foyer eines Luxushotels am Hollywood Boulevard ist einer der unvermeidlichen Pressetermine der Musikbranche im Gange. Fein gekleidete Vertreter ansässiger Plattenfirmen, Agenten, Fotografen und geladene Gäste schwirren wie in einem Bienenkorb durcheinander und reden mehr oder weniger belangloses Zeug. Zwischen ihnen wuseln livrierte Mädchen mit Tabletts voller Sektgläser hin und her. Und an den Wänden hängen perfekt in Szene gesetzte übermannsgroße Banner, auf denen ein junger Adonis namens Jim Morrison im Konzert, eine schlanke Janis Joplin mit Sonnenbrille auf einer Harley Davidson und ein ekstatischer Jimi Hendrix in Höchstform vor einer brennenden Gitarre auf der Bühne zu sehen sind. Die Musiker sind anwesend. Pflichttermin.

Unaufhörlich surren die riesigen Deckenventilatoren; es ist schwül, aber die Türen und Fenster bleiben zu, um die nervigen Autogrammjäger auf Distanz zu halten. Geschlossene Gesellschaft.

Auf einem der verchromten Hocker an der verlassenen Hotelbar sitzt ein junger Mann Mitte Zwanzig in braunen Lederhosen und weißem mexikanischen Hochzeitshemd. Er lehnt lässig mit dem Rücken am Tresen, beobachtet scheinbar gelangweilt das Treiben und schüttet schließlich in einem raschen Zug irgendein dunkles Gesöff aus einem Kristallglas hinunter. Dann dreht er sich um zur Bar, deren Vitrinen ein von langen schwarzen Locken gerahmtes Gesicht klassisch antiker Schönheit spiegeln, um den nächsten Drink zu verlangen.

Das junge Fräulein hinter dem Tresen schaut ihren Gast, der seine Schuhe ausgezogen und vor sich auf dem Boden abgestellt hat, so fragend wie hingerissen an. Der Beau nickt, sie nimmt sein leeres Glas und stellt ein volles wieder hin.

»Whiskey?« Ein fülliges Weib mit zerzauster blonder Mähne baut sich neben den Barhockern auf und haut mit ihrer linken Faust theatralisch auf den polierten Tresen. Sie ist ebenfalls noch jung, etwa so alt wie ihr Nachbar.

»Geht auf mich…«, sagt der junge Mann, ohne sich auch nur zu ihr umzudrehen.

»Danke, Jim«, antwortet sie mit rauer Stimme, »aber lass mal, ich singe auch für Geld. Wo ist der Rest deiner Truppe?«

»Immer noch die alte Kratzbürste, Janis?« Jim setzt seinen Drink wieder ab, wendet sich nun doch um, »welche Truppe?«

»Deine Aufpasser …«

Jim ignoriert die Bemerkung. »Was macht das Geschäft, Mrs. Rock'n'Roll?«

Sie kippt den Inhalt ihres Glases ansatzlos hinunter, hüstelt ein wenig und weist anschließend in die Menge: »Das Geschäft, Mr. Rock'n'Roll, wird da drüben gemacht.«

»Ich hasse diese Veranstaltungen …, dabei sind die Typen gar nichts ohne uns.« Jim strafft sich und ordert einen weiteren Drink.

»Oh, da täusche dich nicht, es gibt genug Ersatz …« Janis trägt eine weite Baumwollbluse voller grellbunter Blumen und Fransen über den Jeans, hat dazu bunte Schnüre in ihre zersauste Haarpracht geflochten. Ihr volles Gesicht wirkt aufgedunsen, die Haut fettig und ungesund. Sie schwitzt und schleppt einige, wenn auch durch ihre Bluse gut kaschierte Pfunde zuviel mit sich herum.

»Ersatz?« höhnt Jim spöttisch, »wer bringt ihnen denn die Millionen? Nächstes Jahr spricht kein Mensch mehr von den Modebands; wir dagegen sind unsterblich …«

»… oder tot.« Janis stürzt das nächste Glas hinunter.

»Ist das nicht dasselbe? Wo ist eigentlich Jimi?«

»Schon weg, muss heute Abend in einem Club unten am Strip ran.«

»Arme Sau, ich dachte, er trinkt einen mit uns …«

Sie verlangt Nachschub. »Warum sollten ausgerechnet wir unsterblich werden?«

»Weil wir drei wahre Poeten, Dichter, Lyriker sind.«

»Ich glaube kaum, dass sich Hendrix als Rockpoet versteht«, konstatiert sie ironisch, »ich glaube noch nicht mal, dass er selber Texte schreibt.«

»Dafür sind seine Riffs pure Poesie …«

Janis lacht schrill auf: »Das ist Musik, kein Text…«

»Ist das nicht …?«

»Nein«, unterbricht sie ihn schroff, »schreibst du deine Songs der Poesie oder der Musik wegen?«

»Lyrik ist …«

»Schon gut, aber glaubst du, einer wollte deinen Ödipus-Scheiß hören, wenn er nicht hübsch in Noten verpackt wäre?«

»Nimm es nicht so genau, auch Noten können…«

»Lass gut sein, Jim«, unterbricht sie ihn genervt, »erzähl die intellektuelle Pisse den Idioten von der Presse da drüben, die drucken das gern.«

Jim blickt erstaunt auf: »Du meinst, ich erzähle das aus Berechnung …?«

»Hältst du mich für blöde?« Sie rollt mit den Augen und trinkt. »Unser Image verdient die Kohle, Mr. Lizard King, nicht unsere Texte.«

»Ein wahrer Dichter braucht kein …«

»…dann werde Dichter, mal sehen, wie weit du damit kommst.«

Jim kontert: »Nimm zum Beispiel deine Texte, falls sie überhaupt von dir sind…«

»Idiot«, flucht sie unüberhörbar.

Jim singt leise vor sich hin: »Oh Lord, want you buy me a Mercedes Benz …«

»Arschloch!« Janis verlangt mit einer Handbewegung die

ganze Flasche von dem Mädchen, das gebannt lauscht.

Der Beau singt unbeeindruckt weiter: »... and a Color TV.«

Sie wendet sich brüsk ab und füllt wütend ihr Glas auf. Jim grinst und trinkt ebenfalls.

Und Janis rächt sich: »Wer will deinen Rimbaud-Verschnitt lesen? Keine Sau.«

»Wer wollte van Goghs Bilder sehen?«

»Oh, welch ein Vergleich...!«

Jim wird ernst: »Ich werde nächstes Jahr nach Paris gehen und nur noch schreiben.«

Janis trinkt inzwischen aus der Flasche, sie setzt an und nimmt einen tiefen Schluck. »Wenn es dort besser geht«, sie kichert launisch, »es werden aber kaum deine Gedichte sein, die den Doors dann fehlen werden.«

»Es gibt genügend hübsche Sänger ...«

»Du arroganter Blödmann!« Janis spitzt die Lippen und fixiert das blutjunge Mädchen, das sofort feuerrot anläuft. »Na, Schätzchen, was hältst du von diesem Musterexemplar Mann? Ist er nicht süß, unser Macho Rockpoet? Kokettiert auch noch mit seiner vermeintlichen Unwiderstehlichkeit.«

Das Mädchen lächelt verlegen, stellt Jim ein volles Glas hin und fragt leise: »Sind sie Jim Morrison, der ...?«

»...Poet«, Jims Stimme triumphiert: »Und, darf ich vorstellen: Janis Joplin, die Trinkerin.«

Das Mädchen blickt irritiert zu Janis, die wie versteinert der Szene folgt.

»Darf ich bitte ein Autogramm haben ...?«

Jim hat sich schon einen Bierdeckel gegriffen und kritzelt mit dem hingehaltenen Stift seinen Namen darauf.

Janis lacht hysterisch auf: »Ha! Nun seht euch diesen verblödeten Adonis an! Sein Bauchansatz ist unverkennbar, die tollen schwarzen Haare bekommen graue Stellen und erste Falten verunstalten das hübsche Gesicht. Aber die jungen Dinger sehen nur den Kerl auf den Plakaten und fallen in Ohnmacht.«

»Was für ein prosaischer Text …! Mach' einen Song daraus, Janis, er kam dir geradezu aus deinem fetten Arsch.«

»Kriegst du überhaupt noch einen hoch, du versoffener, bekiffter Rockpoet?«

»Für dich allemal…«

»Untersteh' dich, Jim Morrison!«

»Was? Hast du Angst, das zu hören…? Säufst du deswegen?«

Janis packt die Flasche und versucht sie Jim über den Schädel zu ziehen. Doch der weicht rechtzeitig aus und der Schlag geht ins Leere. Während er der Fluchenden den teuren Whiskey aus den Händen zu winden sucht, grinst er wieder sein dämliches Grinsen, diesmal allerdings gepaart mit einem diabolischen Blitzen. Plötzlich greift er seiner Kontrahentin ins Haar, reißt die Schreiende zu Boden und schleift sie gelassen an ihren Haaren hinter sich her. Längst sind die Presseleute auf das Treiben an der Bar aufmerksam geworden und eilen herbei, um die Sensation festzuhalten. Doch Jim hat sein Opfer bereits hinter den Tresen gezerrt und steht jetzt, als wäre nichts passiert, neben dem zu Tode erschrockenen Mädchen hinter der Bar und kippt den Rest aus Janis' Flasche in sich hinein. Die ist unterdessen auf allen Vieren in die Räume hinter der Bar geflüchtet.

Jim empfängt die Meute mit seinem unschuldigsten Lächeln und breitet die Arme aus: »Was ist, Leute, wollt ihr etwas trinken?«

»Wo ist Janis…?«

Der Angesprochene spielt den Clown, verleiert theatralisch die Augen und dreht sich suchend um: »Keine Ahnung. Eben war sie noch hier, nun ist sie weg …«

Die Reporter lachen und schießen ihre Fotos. »Wir haben euch doch kreischen gehört…«

»Also bitte, wir haben gesungen…«, Jim lallt einen Liedanfang: »Oh, show me the way to the next Whiskey bar …", und legt den Arm um die Schulter des Mädchens, »Mr. und Mrs. Rock'n'Roll im Duett, nicht wahr?« Sie nickt verstört.

»Habt ihr uns etwa auf Band? Dann verscheuert es in ein paar Jahren als Bootleg.«

Nun erreichen auch andere, neugierig gewordenen Gäste die Bar, unter ihnen der Manager der Doors.

»Bist du wahnsinnig geworden, Jim, das ist eine Promotion-Veranstaltung und kein Saufgelage«, zischt er und drängt Jim langsam ab in Richtung Hinterausgang.

»Wenn das keine perfekte Promotion war, was dann?«

Bill schaut kurz nach draußen ins Dunkel, ob nicht irgendwo doch noch ein Autogrammjäger herumlungert und schiebt dann den Angetrunkenen in die Nebenstraße. »Hau ab, du Blödmann, und lass dich hier heute Abend nicht mehr blicken.«

Der Manager zupft an seinem Anzug, richtet kurz seine Fliege und geht schließlich zurück ins Foyer.

Jim torkelt barfuß durch die laue Sommernacht und landet schließlich im grellen Reklamelicht am Sunset Strip. Autos rasen heulend vorbei, er riecht das nahe Meer. Von hier ist es nicht weit bis zu Jimis Club. Promotion-Veranstaltung; der Rockpoet grinst. An der Tür erkennt ihn einer der Türsteher und lässt ihn rein. Der Club ist eng, stickig und düster. Aus den Boxen heult und wimmert Jimis Gitarre. Über den Köpfen des eng an eng stehenden Publikums kämpfen Zigarettenqualm und Scheinwerferkegel verbissen gegeneinander an. Hendrix steht auf der winzigen Bühne und spielt, ein rotes Band ziert seine Afrolook Frisur, der Blick geht entrückt ins Leere. Die Begleitmusiker versuchen zu folgen.

Obwohl Jim jetzt nahezu hinüber ist, kann er nicht umfallen, so dicht stehen die Leute. Nach ein paar Minuten drängelt er sich nach vorn und entert mühsam, unter dem Gejohle der Leute, die Bühne. Oben angekommen, richtet er sich schwerfällig auf, wankt und blinzelt halbblind in das Licht der Deckenscheinwerfer. Sie erkennen ihn und toben. Hendrix bleibt nichts anderes übrig, als seinen Song abzubrechen und den Kollegen unter großem Hallo zu begrüßen. Der hat bereits das Mikro entdeckt, greift nach dem Ständer und hält sich krampfhaft daran fest. Erste Sprechchöre fordern: »Sing, Jim! Spielt was zusammen!«

»Wir sind Rockpoeten!« brüllt Jim zurück, »Dichter, Lyriker, keine Sänger! Wir werden noch da sein, wenn die Modebands längst verrottet sind«, und beginnt sofort, eines seiner gefürchteten Poeme herunter zu rattern: »Wake up!«

Erste Pfiffe gellen: »Musik!«

Hendrix ist der Auftritt unangenehm, doch er versucht die Situation zu retten und übertönt den unerwünschten Vortrag mit Gitarrengejaule, das nicht von dieser Welt zu stammen scheint. Die Pfiffe verstummen, Beifall schwappt durch den Qualm.

Nach und nach wird Morrison immer leiser, schließlich sinkt er am Mikrofonständer zusammen und bleibt vornüber gebeugt hocken. Die Menge tobt, doch Jim ist noch nicht ganz abgetreten. Er rutscht auf Knien zu Hendrix herüber, umklammert die Beine des völlig verblüfften Musikers und starrt zu ihm hinauf. Doch der Meister spielt einfach weiter und seine E-Gitarre schluckt das Gefasel: »Jimi, du bist Gott …« Keiner hört ihn, keine Kamera klickt.

Literatur:

Jerry Hopkins und Danny Sugerman: Keiner kommt hier lebend raus. München 1991.

Dylan Jones: Jim Morrison, Poet & Rockrebell. München 1991.

Janis Joplin – berühmte us-amerikanische Sängerin, 19.01.1943 Port Arthur, Texas - 04.10.1970 Los Angeles, ›Queen des (weißen) Bluesrock‹.

Mit 18 Jahren sang sie schon in Kneipen und Folk-Clubs. 1966 schloss sie sich in San Francisco der Band *Big Brother And The Holding Company* an. Das war der Beginn ihrer Karriere. Auftritt mit dieser Band *Monterey Pop Festival* und 1968 Produktion der LP *Cheap Thrills*, mit Stücken wie *Piece Of My Heart* oder *Ball And Chain*.

1968 Trennung von der Band, Zusammenstellung einer neuen, die schließlich den Namen *Kozmic Blues Band* erhielt. Gemeinsame Auftritte auch in Europa, 1969 in der Jahrhunderthalle in Frankfurt-Höchst und noch im selben Jahr beim legendären Woodstock Festival.

1969 Produktion der zweiten Platte: *I Got Dem 'Ol Kozmic Blues Again, Mama*. Danach Gründung der dritten Band *Full Tilt Boogie*. Erfolgreiche Zusammenarbeit, viele Live-Auftritte. 1970, kurz vor Ende der Aufnahmen zur dritten LP, *Pearl*, wurde sie in einem Motelzimmer in Los Angeles tot aufgefunden. Todesursache vermutlich Alkohol und eine Überdosis Heroin.

Nach ihrem Tod veröffentlichte Platten: 1970 Pearl; 1972 Live; 1973 Greatest Hits; 1975 Janis (Soundtrack); 1982 Farewell Song.

J a m e s (J i m) D o u g l a s M o r r i s o n – berühmter us-amerikanischer Rock'n'Roll-Sänger und Dichter; 08.12.1943 Melbourne, Florida - 03.07.1971 Paris. Bekannt geworden als Leadsänger der Band *The Doors*, aggressiv-obszöne Live-Auftritte, diverse Plattenveröffentlichungen. Nach Morrisons Tod konnte die Band an die früheren Erfolge nicht mehr anknüpfen.

Gedichtbände: The Lords, The New Creatures und An American Prayer. Nach seinem Tode: Far Arden und Wilderness – The Lost Writings of Jim Morrison.

Schallplatten (mit The Doors): 1967 The Doors; 1968 Strange Days; 1968 Waiting For The Sun; 1969 The Soft Parade; 1970 Morrison Hotel/Hard Rock Café; 1970 Absolutely Live; 1971 L. A. Woman.

Chelsea Hotel, New York
Hartmuth Malorny begegnet Herbert Huncke, 1990er
Von Hartmuth Malorny

»Holy Peter holy Allen holy Solomon holy Lucien holy Kerouac holy Huncke holy Burroughs holy Cassady holy the unknown buggered and suffering beggars holy the hideous human angeles«, schrieb Allen Ginsberg 1956 in seinem Gedicht *Howl*, aber da war ich noch nicht geboren, erst der Umgang mit einem besonderen Stück amerikanischer Literaturgeschichte brachte mich einem Mann näher, den ich zu besuchen beabsichtigte.

Illustre Namen zieren die Gästeliste des unter Denkmalschutz stehenden Chelsea-Hotels, heute profitieren die Betreiber vom Glanz der Vergangenheit, für die der Tourist der Gegenwart harte Dollars hinlegen muss. Da ist eine eigentümliche Aura, die das legendäre Chelsea-Hotel umgibt, und ich kann den Muff der vergangenen Jahre förmlich riechen, hier im Zimmer 501, mit einer Dose Budweiser in der Hand. Die Zimmerwände, die mich umschließen, strahlen in einem schäbigen Weiß, das kaum verdecken kann, was darunter verborgen liegt. Gedanklich beginne ich den Versuch einer kulturellen Wiedergeburt, der allerdings, wie so viele Reinkarnationen, an den Schranken der Zeit scheitert, und ich nehme stattdessen den Telefonhörer zur Hand, um mich mit dem Mann zu verabreden, der 3 Stockwerke höher lebt und davon berichten kann, was mir meine Phantasie verweigert.

Die wohl spektakulärste Randfigur der damaligen Beat-Generation ist Herbert ›Hipster‹ Huncke, ›Russian Blackie‹, ›Detroit Redhead‹, 80 Jahre alt, wohnhaft im Zimmer 828, Chelsea-Hotel, 222 West, 42. Straße, Manhattan, New York. Über ihn ist mehr geschrieben worden als er je zu Papier gebracht hat. Kerouac, Ginsberg und Burroughs haben ihn in ihren Büchern erwähnt, den ewigen Fixer, den Stricher, Dealer, Dieb und Einbrecher, den Häftling und Schriftsteller. Ich klopfe an die Tür und bin gespannt, welcher Typ mich hinter dem Holz erwartet. Schmal, fast dürr, 170 cm groß, gebeugt und Furchen im Gesicht wie ein frisch gepflügter Acker im Frühling, so steht er vor mir. Seine funkelnden blauen Augen liegen müde in den Höhlen des Alters, doch sie zwinkern mir mit einer einladenden Geste zu. Huncke mag sich mit dem klassischen Begriff Schriftsteller nicht anfreunden, und diese Bezeichnung wirkt tatsächlich deplaziert, wenn man sie seinem literarischen Schaffen entgegenstellt, das in dreißig Jahren ganze drei Bücher hervorbrachte.

»Ich bin ein Geschichtenerzähler«, sagt er und öffnet eine Flasche Cola. »Früher ging es nicht vorwiegend ums Schreiben, sondern ums Überleben. Klar ist der Mythos Beat-Generation weitestgehend erforscht und abgelegt«, lächelt er mir zu, obgleich er es war, der die Wortschöpfungen ›Beat‹, ›hip‹, ›hipster‹, ›drag‹, ›joint‹, ›gras‹ aus dem metabolischen Slang der schwarzen Musiker kreiert hat, physisch und psychisch abgespult, angezapft, zerquetscht und verwüstet. Hunckes Identifizierung und Sympathie für die Einsamen und Ausgestoßenen beeinflusste das Denken der jungen Schriftsteller, sie wurden von der Auflehnung gegen die Gesellschaft gepackt, bis sie sich selbst als Kern einer renovierten Generation ansahen. Doch er war längst *King of Time Square*, bevor Kerouac und Konsorten anfingen Manhattan unsicher zu machen.

»Da kam so eine Gruppe studierter Intellektueller in unsere Kreise, die ihrer Zeit weit voraus waren, während ich noch mittendrin saß. Beat bedeutete, schnell zu leben. Sie rasten von Stadt zu Stadt, beobachteten, nahmen mit, was sie kriegen konnten und hinterließen flüchtige Eindrücke, die sie als bleibende später in ihren Büchern verarbeiteten. Ich hatte andere Sachen im Kopf, und weil ich bereits drogenabhängig war, konzentrierten sich meine Sorgen auf das Geld für den nächsten Schuss, um den Affen zu füttern.«

Und wie er 1945 Burroughs den ersten Schuss ›H‹ verpasst hatte, weiß er weiterhin detailgetreu zu berichten, auch wenn ihm in der Chronologie seines Lebens ein paar Jahre durcheinander geraten.

»Es mögen elf oder zwölf Jahre gewesen sein, die ich im Knast gesessen habe«, erinnert er sich nachdenklich.

Viele Stationen kann man in seinen Büchern nachlesen, die allesamt autobiographisch sind. 1965 verfasste er das ›Huncke Journal‹, 1980 veröffentlichte er den Erzählband ›The evening sun turned crimson‹, und in seinem dritten Buch – ›Guilty of everything‹, das 1986 erschien, schreibt er über den harten Winter 1946:

»Tagsüber hielt ich mich in den Cafeterias auf und nachts schlief ich in diesen 24-Stunden-Kinos, wo billige Filme in Wiederholung gezeigt wurden...immer auf der Hut vor den Bullen mit ihren Schlagstöcken ... Ich lief durch die U-Bahn-Schächte zu den Bahnhöfen und lungerte in den Toiletten rum ... Manchmal mistete ich einen verirrten Betrunkenen aus, oder stahl einen Handkoffer ... irgendwas, um die Nacht zu überstehen ... Ich wollte nur einen warmen Platz zum Leben oder Sterben, aber ich wollte nicht wie eine zusammengeklappte Leiche in einem Hauseingang gefunden werden ...«

Burroughs bemerkte im Vorwort: »... und nirgends mehr unterhaltender als in diesem Nacherzählen entsetzlicher Missgeschicke ... Es fehlt an nichts.«

Bei der zweiten Zigarette, die ich mir anzünde, schaut er verschmitzt rüber und hält seine erste immer noch trocken zwischen den Fingern. Ich sehe mich in diesem 15 qm-Altersruhesitz um: Ein Kühlschrank, ein Schreibtisch, ein Bett, zwei Gartenstühle, eine Kommode und neben der Tür ein Sideboard, auf dem abgelegte Wäsche kleine Türme darstellt. Mittendrin thront Huncke auf einem standesgemäßen Altherrenstuhl in einer Pose des Überlebenden.

Mir selbst ging es nicht besser, ich hatte vor vier Wochen ein Flugzeug bestiegen und mich auf Spurensuche begeben, und währenddessen einige Staatsgrenzen überschritten. Ich zeichnete einen Weg nach, den ich nur aus Büchern kannte, und der mich zum Schluss nach New York führte.

»Was willst du noch wissen?«, fragt er.

»Lohnt es sich in der heutigen Zeit zu leben, verglichen mit der, die du früher erlebt hast?«

»Mach keine Witze. Findest du es lohnenswert heute zu leben? Wenn ich dich in 40 Jahren dasselbe frage, wirst du mir die 80er oder 90er Jahre als besonders toll beschreiben. Es ist der tägliche Kampf des Daseins, den man bestreiten muss. Weißt du, wenn du nicht hier bleiben willst, kannst du gehen, ich will damit sagen, die Eventualitäten stehen offen: Dort ist das Fenster, da die Tür ...«

»Mit der Möglichkeit, das Fenster zu wählen, kennst du dich ja bestens aus ...«

»Ja. Manchmal scheint die Ausweglosigkeit nur durch einen Selbstmord zu lösen zu sein, aber das sind die Umstände der persönlichen Problematik und nicht die der Zeit.«

Ich will ihn gerade fragen, wovon er überhaupt lebt, denn der Verkauf der Bücher hat ihm keinen Penny eingebracht, da schellt das Telefon.

»O.K.«, sagt er, »nur bitte nicht vor 16 Uhr, und bringt Bargeld mit, keine verdammten Schecks.«

An mich gewandt erklärt er: »Die Kerle vom BBC wollen eine Reportage über Dr. Kinsey machen, dem ich damals als Verbindungsmann für seine Recherchen gedient habe.«

Interviews und Lesungen sind seine so genannte Gehaltsaufbesserung, und wenn er sich bewegt, dann aus diesem Grund. Offiziell kriegt Huncke eine Minimalrente von der Foundation of Greatfull Dead.

»Vergiss nicht, dass ich nicht stehle und auch keine Menschen umbringe«, schmunzelt er.

Erst 1994 ist er auf Europatournee gewesen, die ihn zudem nach Berlin und Hamburg geführt hatte. »Seit dem Fall der Mauer haben besonders die Ost-Berliner den gewissen Biss, den ich bei den Westlern vermisse. In Ost-Berlin sind die Punks noch rebellisch.«

Ich erzähle ihm von der neuen Generation in Deutschland, von denen, die sich Social-Beatler nennen und von Typen aus Ost-Berlin, die diesen Begriff aus der Taufe hoben und dass diese Menschen gerne als Enkel Charles Bukowskis in der Presse beschrieben werden.

»Hast du jemals Kontakt zu Bukowski gehabt? Er soll ja einmal ein paar Tage hier im zehnten Stock gewohnt haben?«

»Keine Ahnung. Ich hatte nie Kontakt zu ihm. Ich weiß nicht, ob er ›beat‹ war. Bill jedenfalls«, sagt er und meint Burroughs, »mochte ihn nicht. Bukowski hatte zweifelsohne Talent, er schrieb nur auf einer Linie, blieb seinem Genre treu, probierte nichts anderes aus, machte keine Experimente. Er war lustig, vielleicht hatte er deshalb soviel Erfolg. Ich zähle ihn nicht zu den Größten der Literatur, aber er war verdammt gut.«

Seiner Meinung nach sind auch die Standards der Weltliteratur gut, Kafka z. B. und auf der Fensterbank entdecke ich Kerouacs ›Ausgewählte Briefe‹, gebunden, mit einem Lesezeichen in der Mitte. Ich zeige ihm die deutsche Ausgabe von ›The evening sun turned crimson‹, und er liest den Titel, wiegt das Buch leicht in den Händen und findet, dass die Verleger allgemein nur an ihre Profite denken; der Autor ist das letzte Glied einer langen Kette.

Der späte finanzielle Erfolg bleibt für Huncke weiterhin aus. Den Dollar nebenbei, den er so dringend zum Leben braucht, holt er sich vor dem Steuerabzug. Seine letzte Lesung hielt er in Lowell/Massachusetts in guter Begleitung von Patti Smith, Kenny

Kaye und Willie Alexander, unter dem Motto: ›From dream to dream‹.

Und wie ich mich nach seinen Träumen für die Zukunft erkundige, antwortet er fast melancholisch, dass er mehr Frieden für die Welt wünsche, und sein Blick schlägt auf das Photo an der Wand, das ihn mit Louis Cartwright, seinem langjährigen Lebensgefährten zeigt, der vor knapp einem Jahr auf offener Straße in der Lower East-Side ermordet wurde; ich frage nicht danach.

»Hin und wieder rauche ich Pott«, sagt er, während ich mir die fünfte Marlboro anstecke, »und seit kurzem schreibe ich wieder.«

Seine linke Hand kramt einen DIN-A5-Spiralblock vom Schreibtisch, den er mir unter die Nase hält. Er bedarf einer gewissen Inspiration, die er sich erst zulegen muss, um den Stift in die Hand zu nehmen, und manchmal sucht er nachts in seinen voluminösen Erinnerungen nach verwertbarem Material.

»Einundsechzig Seiten mit Tinte«, lacht er, »so wie damals. Heute schreibt fast jeder nur für den Erfolg. Es gibt zwei grundlegende Richtungen. Die einen, die eine gute Story um jeden Preis wollen und die anderen, die aus ihrem Leben erzählen, wie ich – nicht um jeden Preis. Die meisten schreiben, um das große Geld zu machen. Bla bla...«

Huncke hat eine Menge Bla Blas parat, besonders für die Creative-writing-Seminare, und seinen heutigen Stellenwert in der Literatur erläutert er als denkbar einfach: »Einige achten mich, doch von vielen werde ich verachtet. Das ist der Kampf, den ich zu führen habe. Ich bin nun mal ein Einzelgänger, und selbst in der Masse, im Gespräch, bin ich allein.«

Ob ihn die Jahre im Gefängnis geprägt haben, will ich wissen.

»Die Knastaufenthalte habe ich als einen Teil meiner Lebensroutine akzeptiert, und die Verhältnisse, z. B. in Rikers Island und Dannemora State Prison, waren schließlich anders. Dort gab es eine besonders Art, wie du dich zu benehmen hast, eine eigene

Sprache, es war eine eigene Welt. Ich kam zurecht. Immerhin musste ich mir eine zugängliche Philosophie aufbauen, mit der ich klarkomme. Das ist doch die Hauptsache.«

Herbert Huncke wurde am 9. Januar 1915 geboren und ist mit fünfzehn Jahren aus Chicago abgehauen, ohne Studium, ohne Geld, und das Leben auf der Straße bestimmte seinen Werdegang. 1940 kam er nach New York, bereits drogenabhängig und etablierte sich in den Cafés der 42. Straße, wurde »King of Time-Square«.

Damals war man von dem abenteuerlustigen jungen Dichter fasziniert, man lernte ihn als Muse und Drogenlieferanten schätzen, der in seiner eigentümlichen Distanz, einer gediegenen Abgeklärtheit, seine Erfahrungen sammelte und den unverstellten Blick auf das Treiben der Subkultur behielt. Er offenbarte die seltsame Romantik eines Verlierers. Zwar sind ihm einige Fakten durch das Sieb der Jahre geschlüpft, doch das tut seiner Geschichte keinen Abbruch.

»Könnte sein, dass ich acht oder zehn Jahre im Chelsea-Hotel lebe, aber beschwören möchte ich es nicht.«

Dann steht er auf und geht zum Tisch. Er holt einen fertigen Joint und setzt sich wieder.

Kurz vor meinem Abflug rufe ich ihn, wie versprochen, noch einmal an, um Good-bye zu sagen.

»Guten Heimflug«, meint er, »und grüße mir deine Freundin.«

Dass ich keine habe und auch mit keiner bei ihm war, vernimmt er mit Bedauern.

»Dann schaff dir halt eine an«, sind seine letzten Worte, und ich sage:

»Bye, Bye Herb!«

Die AutorInnen

Sabine Adatepe

Geboren 1963; M.A., studierte Turkologie, Iranistik und Germanistik in Hamburg, wo sie nach vier Jahren in Istanbul seit 1999 als freie Übersetzerin und Dozentin für Deutsch als Fremdsprache auch wieder lebt. Neben zahlreichen, vor allem literarischen Übersetzungen publizierte sie bisher Rezensionen, Artikel zum deutsch-türkischen Kulturaustausch und als Co-Autorin das Buch ›Türken in Berlin 1871-1945‹. Hg.: Ingeborg Böer, Ruth Haerkötter, Petra Kappert. Berlin 2002.

Ewa Bielska

Geboren 1957 in Warschau, Studium der Germanistik und Polonistik in Warschau und Wien. Übersetzer- und Dolmetscherdiplom. Unterrichtet Deutsch als Fremdsprache. Übersetzungen von Drehbüchern aus dem Polnischen ins Deutsche und vice versa. Diverse (Online-)Rezensionen für die Marabout-Seite (www.marabout.de). Der vorliegende Text ist ihre erste literarische Veröffentlichung. Lebt in Berlin.

Johanna Cosma

Geboren 1967 in Ingolstadt; Studium der Germanistik und Psychologie. Tätigkeit als Lektoratsassistentin. Der vorliegende Text ist ihre erste literarische Veröffentlichung.

Thomas Dunzweiler

1968 geboren; verheiratet, ein Kind. Nach Abitur und kaufmännischer Ausbildung mehrere Semester Studium der Geschichte und Philosophie. Tätigkeit als Assistent der Geschäftsleitung in einem Wirtschaftsunternehmen.
Veröffentlichung:
Frankfurter Bibliothek des zeitgenössischen Gedichts. 2004.

Andreas Erdmann

Geboren 1962 in Solingen, Studium der Germanistik, Sprach- und Literaturwissenschaften, Dipl. Sozialpädagoge, Mitarbeiter bei einer Tageszeitung.

<u>Veröffentlichungen:</u>

Gethsemane: Blumen zum Unaussprechlichen / Andreas Erdmann u. Manfred Maruhn. Recklinghausen 2004.

Außerdem ca. 200 Veröffentlichungen von Erzählungen, Kurzgeschichten und Gedichten in Anthologien und Literaturzeitschriften,

<u>Auszeichnungen (Auswahl):</u>

1998 Heinz-Risse-Literaturpreis des Bergischen Landes

2003 Literaturpreis der Bayreuther Festspielnachrichten

Fran Henz

Die Autorin lebt und schreibt in Wien. Zahlreiche Veröffentlichungen in Zeitschriften und Anthologien. Ein Roman befindet sich in Arbeit. – Internet: www.fran-henz.com

<u>Auszeichnung:</u>

2002 unter den 12 besten Beiträgen des Literaturwettbewerbs von Siemens (LITERATniktechTUR).

Vera Hohleiter

Geboren 1979 in Heilbronn, studierte Literatur-, Politik- und Geschichtswissenschaft in Berlin und Paris, arbeitete für verschiedene Zeitungen, unter anderem für die deutsch-jüdische Zeitung ›Aufbau‹ in New York sowie das Goethe-Institut in Yaoundé, Kamerun. Sie lebt in Berlin.

<u>Veröffentlichungen</u> von Kurzprosa in Literaturzeitschriften und Anthologien.

<u>Auszeichnung:</u>

2001 erhielt sie den Jugendliteraturpreis des Freien Deutschen Autorenverbandes.

Uta Jung Karpalov

Geboren 1962 in Essen, studierte Geschichte und Germanistik in Düsseldorf; seit 1997 freiberufliche Autorin und Deutschlehrerin.

<u>Veröffentlichungen</u> in diversen Literaturzeitschriften sowie:

Kurzgeschichtenband ›Städtische Welt‹ bei ›Pit Stop Publications‹ 2001.

<u>Auszeichnungen:</u>

Förderpreis für Literatur der Landeshauptstadt Düsseldorf 2000, 2001, 2002.

Ingo Karwath

Geboren 1960 in Zwenkau (Leipzig); 1987 Übersiedlung aus damaliger DDR mit Familie nach Köln; seit 1983 verheiratet, eine Tochter; Tätigkeit als Technischer Angestellter; Bildender Künstler: Malerei, Grafik, Design, Ausstellungen in Zürich, Konstanz, Köln und Strasbourg. Verfasser von Lyrik und Belletristik; <u>Veröffentlichungen</u> in Anthologien. – Internet: www.inka.biz.

Hartmuth Malorny

Geboren 1959 in Wuppertal, Sonderreiniger bei den Dortmunder Stadtwerken.

Lebt noch. – Internet: www.h-malorny.de.

<u>Veröffentlichungen (Auswahl):</u>

Was übrig bleibt. Social-Beat-Gedichte. Schweinfurt 2001.

Die schwarze Ledertasche, Roman. Leipzig 2003.

Noch ein Bier, Harry? Eine Trinkerchronik. Dortmund 2004.

Greg Niamey

Geboren 1961, Studium der Germanistik und Politologie.

Tätigkeit als Redaktionsassistent. Diverse (Online-)Rezensionen für die Marabout-Seite (www.marabout.de).

Vasile V. Poenaru

Geboren 1969; rumänisch-österreichischer Germanist und Autor; mehrjährige Tätigkeit als Journalist für kanadische Zeitungen; derzeit Doktorand an der Universität Toronto, schreibt für ›Literatur und Kritik‹ (Salzburg), ›Die Gazette‹ (München), ›novo‹ (Frankfurt a. M.), ›Aurora Magazin‹ (Salzburg).

Karla Reimert

Geboren 1972 in Berlin. Autorin. Doktorandin der Literaturwissenschaft. Seit 1998 Chefredakteurin der deutsch-polnischen Zeitschrift WIR (z. Zt. ruhend). Seit 2000 Redakteurin des Labels KOOKberlin-newyork. Mitarbeit bei diversen Anthologien und Zeitschriften (z. Zt: ›Lose Blätter 13‹, ›Die Außenseite des Elementes 10‹, ›Zeichen&Wunder‹, ›Fluchtzeiten‹, ›Geestverlag‹, ›intendenzen 7‹, ›WIR 6‹, Krakau-Berlin, ›Mein heimliches Auge 13‹, Konkursbuchverlag, ›Linea frontu‹, Minsk) sowie bei diversen Filmen. Freie Wissenschaftslektorin, Übersetzerin. Verheiratet, Mutter einer Tochter.

Veröffentlichungen:

Ich oder Ja. Warschau 2002

Kafka für Eilige. Berlin 2003

Theaterstücke:

1992 ›Credits‹ mit Falk Richter und Thorsten Wiessmann (Assistenz). Hamburg, Kampnagel.

1994 ›Alles. In einer Nacht.‹ Mit Falk Richter und Thosten Wiessmann (Assistenz). Erstaufführung. Hamburg, Kampnagel.

2001 PottersWeihnachten. Ein Kindertheaterstück. Wiesbachschule, Grävenwiesbach.

Auszeichnungen (Auswahl):

1998 Würth-Preis.

2001 Zeilen-Umbruch-Preis der Berliner Stadtbibliotheken.

2001 Preisträgerin des ›Tatort-Eifel‹-Festivals der Stadt Daun.

2001 BMW-Preis des Wettbewerbes ›Lokal-Global‹ der Stadt Steyr.

2002 Preisträgerin des Maya-Media-Verlages

2002 Preisträgerin des Autorinnenforums Rheinsberg

QUELLEN zu Biographien und Werkangaben:

Brockhaus-Enzyklopädie in 24 Bd., 19. Auflage, Mannheim, 1993.

Digitale Bibliothek:

Band 9: Killy Literaturlexikon, (c) Bertelsmann Lexikonverlag.

Band 13: Wilpert, Lexikon der Weltliteratur, (c) Alfred Kröner Verlag.

Kindlers Neues Literatur Lexikon, hg. von Walter Jens. München 1988.

INHALT

Janko Kozmus, Vorwort 5

PROLOG

Vasile V. Poenaru, Rückwort Hannover 11

EINZELBEGEGNUNGEN

Thomas Dunzweiler, Vor dem Sturm der Revolution 29

Karla Reimert, Frank und Milena 41

Greg Niamey, MERZ-Ausflug 55

Vera Hohleiter, Vom Romanischen Café ins Exil 66

Fran Henz, Abschied 73

Uta Jung Karpalov, Pacific Palisades 81

Ewa Bielska, Der Augenzeuge 89

Sabine Adatepe, Beginn einer Freundschaft 107

Andreas Erdmann, Himmelfahrt 118

Johanna Cosma, Der Schlaganfall 127

Ingo Karwath, Rockpoeten 136

Hartmuth Malorny, Chelsea Hotel, New York 144

Die Autoren 151

BEGEGNUNGEN
AUS DER TINTENWELT

Autoren treffen Autoren
im 19. Jahrhundert

Biographische Erzählungen

Herausgegeben
von Janko Kozmus

Der zweite Band erscheint in Kürze im Marabout Verlag. Der Leser begegnet unter anderen: Honoré de Balzac und George Sand; Heinrich von Kleist und Christoph Martin Wieland; Mary Wollstonecraft Shelley und Lord Byron; Theodor Körner und Joseph Freiherr von Eichendorff; Achim von Arnim und Clemens Brentano; Hermann Fürst von Pückler-Muskau und Bettina von Arnim; Theodor Storm und Iwan Turgenjew.